中国短经典

阿来 著

月光下的
银匠

人民文学出版社

图书在版编目(CIP)数据

月光下的银匠/阿来著.—北京：人民文学出版社，
2018
（中国短经典）
ISBN 978-7-02-014387-0

Ⅰ.①月… Ⅱ.①阿… Ⅲ.①短篇小说-小说集-
中国-当代 Ⅳ.①I247.7

中国版本图书馆CIP数据核字（2018）第127510号

责任编辑　甘　慧　杜玉花
装帧设计　高静芳

出版发行　人民文学出版社
社　　址　北京市朝内大街166号
邮政编码　100705
网　　址　http://www.RW-cn.com

印　　制　上海利丰雅高印刷有限公司
经　　销　全国新华书店等

字　　数　138千字
开　　本　890毫米×1240毫米　1/32
印　　张　7.5
版　　次　2018年9月北京第1版
印　　次　2018年9月第1次印刷

书　　号　978-7-02-014387-0
定　　价　49.90元

如有印装质量问题，请与本社图书销售中心调换。电话：010－65233595

目录

野人	001
槐花	021
群蜂飞舞	035
阿古顿巴	053
月光下的银匠	071
格拉长大	103
瘸子	127
马车夫	141
水电站	153
自愿被拐卖的卓玛	163
少年诗篇	175
蘑菇	197
路	217

野 人

当眼光顺着地图上表示河流的蓝色曲线蜿蜒向北，向大渡河的中上游地区，就已感到大山的阴影中轻风习习。就这样，已经有了上路的感觉，在路上行走的感觉。

就这样，就已经看到自己穿行于群山的巨大阴影与明丽的阳光中间，经过许多地方，路不断伸展。我看到人们的服饰、肤色以及精神状态在不知不觉间产生的种种变化，于是，一种投身于人生、投身于广阔大地、投身于艺术的豪迈感情油然而生，这无疑是一种庄重的东西。

这次旅行以及这个故事从一次笔会的结束处开始。在泸定车站，文友们返回成都，我将在这里乘上另外一辆长途汽车开始我十分习惯的孤独旅行。这是六月，车站上飞扬着尘土与嘈杂的人声，充满了烂熟的杏子的味道、汽车轮胎上橡胶的味道。

现在，我看到了自己和文友们分手时那一脸漠然的神情。听到播音员以虚假的温柔声音预报车辆班次。这时，一个戴副粗劣墨镜的小伙子靠近了我，他颤抖的手牵了我的袖口，低声说："你要金子吗？"

我说不要镜子。我以为他是四处贩卖各种低档眼镜的浙江人。

他加重语气说："金子！"

"多少？"

"有十几斤沙金。"

而据我所知，走私者往往是到这些地方来收购金子，绝对不在这样的地方进行贩卖，我耸耸肩头走开了。这时，去成都的班车也启动了，在引擎的轰鸣声和废气中他又跟上我，要我找个僻静地方看看货色。

他十分执拗地说："走嘛，去看一看嘛。"他的眼神贪婪而又疯狂。

但他还是失望地离开了我。他像某些精神病患者一样，神情木然，而口中念叨着可能和他根本无缘的东西，那种使我们中国人已变得丧失理智与自尊的东西的名字：金子。现在，我上路了。天空非常美丽，而旅客们却遭受着尘土与酷烈阳光的折磨。我还能清晰地看见自己到达丹巴县城的模样和丹巴县城的模样：建筑物和我的面孔都沾满了灰尘，都受到酷烈阳光的炙烤而显得了无生气。我看见自己穿过下午四点钟的狭窄的街道，打着哈欠的冷落店铺、散发着热气的房子的阴凉、孤零零的树子的阴凉。一条幽深阴暗的巷道吸引了我，我听见了自己的脚步声在寂静的巷道中回响。从第一个门口探出一个中年汉子的脑袋，他神情痴呆麻木，眼神更是空空洞洞，一无所有。我从这扇没有任何文字说明的门前走了过去，我在巷道里来回两趟也没有见到几个字指点我在哪里可以登记住宿。从巷道那一头穿出，我看见空地里只剩下我站在阳光底下，注视那一排排油漆已经褪尽了颜色的窗户。

一个身体单薄的孩子出现在我面前，问我是不是要登记住宿。他伸出蓝色血脉显现得十分清晰的手，牵我进了楼，到了那个刚才有人探出脑袋的房间门前。

"阿爸，生意来了。"

这个娃娃以一种十分老成的口气叫道。

门咿呀一声开了，刚才那个男人的脑袋又伸了出来，他对我说："我想你是来住店的，可你没有说话我也就算了。"

"真热啊，这天气。"

"刚才我空着，你不登记。这阵我要上街打酱油去了，等等吧。我等你们这些客人大半天了，一个也没等到。现在你就等我十几分钟吧。"

我望着他慢吞吞地穿过阴暗凉爽的巷道，进入了微微波动的绚烂阳光中间。他的身影一从我眼光中消失，我的鼻孔中立即扑满了未经阳光照射的木板和蛛网的味道，这仿佛是某种生活方式的味道。

那孩子又怯生生地牵了牵我的衣角。

"我阿妈,她死了,还有爷爷、姐姐。"他悄悄说。

我伸出手抚摩他头发稀疏的脑袋,他缩着颈子躲开了。

"你爷爷是什么样子?像你阿爸一样?"

他轻轻地摇摇头:"不一样的。"

孩子低下了小小的脑袋,蹬掉一只鞋子,用脚趾去勾画地上的砖缝。从走道那头射来的光线,照亮了他薄薄而略显透明的耳轮、耳轮上的银色毫毛。

"我的名字叫旦科,叔叔。我爷爷打死过野人。"

他父亲回来了,搭着眼皮走进了房间,门砰的一声关上了。我们隔着门板听见酱油瓶子落上桌面的声响,给门落闩的声响。

孩子踮起脚附耳对我说:"阿爸从来不叫人进我们的房子。"

旦科的父亲打开了面向巷道的窗户,一丝不苟地办完登记手续。出来时,手拎着一大串哗哗作响的钥匙,又给自己的房门上了锁,可能他为在唯一的客人面前如此戒备而不太好意思吧。

"县上通知,注意防火。"他讪讪地说。

他开了房门,并向我一一交点屋子里的东西:床、桌子、条凳、水瓶、瓷盆、黑白电视、电视套子……最后,他揭开枕巾说:"看清楚了,下面是两个枕芯。"

我向站在父亲身后的旦科眨眨眼,说:"还有这么多的灰尘。"

这句揶揄的话并没有在那张泛着油汗的脸上引起任何表情变化。他转身走了,留下我独自面对这布满石棉灰尘的房间。县城四周赤裸的岩石中石棉与云母的储量十分丰富。许多读者一定对这种下等旅馆有所体验,它的房间无论空了多久都会留下前一个宿客的气味与痕迹,而这种气味只会令人在这个陌生的地方备感孤独。

那个孩子呆呆地望着我掸掉床铺上的灰尘,脸上神情寂静而又忧郁,我叫他坐下来分享饮料和饼干。

"你怎么不上学?"

他含着满口饼干,摇摇头。

"这里不会没有学校吧?"我说。

旦科终于咽下了饼干,说这里有幼儿园、小学、中学,可他爸爸不叫他上学。

"你上过学吗?"

我点点头。

"你叫什么名字,我的名字都告诉你了。"

"阿来。"

"我有个表哥也叫阿来。"

"那我就是你表哥了。"

他突然笑了起来，笑声干燥而又清脆，"不，我们家族的姓是不一样的，我们姓寺朵。"

"我们姓若巴。"

"我表哥死了，我们的村子也完了，你知道先是树子被砍光了，泥石流下来把村子和许多人埋了。我表哥、妈妈、姐姐……"

我不知道如何去安慰这个内心埋葬着如此创痛的孩子。我打开窗帘，一束强光立即照亮了屋子，也照亮了从窗帘上抖落下来的云母碎片，这些可爱的闪着银光的碎片像一些断续的静默的语汇在空气中飘浮，慢慢越过挂在斜坡上的一片参差屋顶。

旦科的眼珠在强光下呈绵羊眼珠那样的灰色。他在我撩起窗帘时举起手遮住阳光，现在，他纤细的手又缓缓地放了下来。

"你想什么？叔叔。"

"哦……给你一样东西。要吗？"我问他。

"不！以前阿妈就不叫我们白要东西。以前村口上常有野人放的野果，我们不要。那个野人只准我爷爷要。别的人要了，他们晚上就进村来发脾气。"他突然话题一转，"你会放电视吗？"不知为什么我摇了摇头。

"那我来给你放。"他一下变得高兴起来，他爬到凳子上，接通天线，打开开关，并调出了清晰的图像。在他认真地拨弄电视时，我从包里取出一沓九寨沟的照片放在他面前。

"你照的？"

"对。"

"你就是从那里来的？"

"对。"

他的指头划向溪流上古老的磨坊，"你们村子里的？"

我没有告诉他那不是我们村子的磨坊。

他拿起那沓照片，又快快地放下了。

"阿爸说不能要别人的礼物。要了礼物人家就要进我们的房子来了，人家要笑话我们家穷。"

我保证不进他们的屋子，旦科才收下了那些照片。然后，才十分礼貌地和我告别。门刚锁上，外面又传来一只温柔的小狗抓挠门板的声响。我又把门打开，旦科又怯生生地探进他的小脑袋，说："我忘记告诉你厕所在哪个地方了。"

我扬扬手说："明天见。"

"明天……明天我可能就要病了。"小旦科脸上那老成忧戚的神情深深打动了我，"阿爸说我一犯病就谁也认不出来了。"

这种聪明、礼貌、敏感，带着纤弱美感的孩子往往总是有某种不幸。

"我喜欢你，你就像我弟弟。"

"我有个哥哥，你在路上见到他了吗？"见我没有回答，他轻轻说，"我走了。"我目送他穿过光线渐渐黯淡的巷道。大阳已经落山了，黄昏里响起了强劲的风声，从遥远的河谷北面渐渐向南。我熟悉这种风声。凡是林木滥遭砍伐的大峡谷，一旦摆脱掉酷烈的阳光，地上、河面的冷气起来，大风就生成了。风暴携带尘土、沙砾无情地向人类居住地——无论是乡村还是城镇抛撒。离开时，又带走人类生活产生的种种垃圾去污染原本洁净美丽的空旷原野。我躺在床上，电视里正在播放系列节目《河殇》，播音员忧戚而饱满的男性声音十分契合我的心境，像一只宽厚的手安抚我入眠。醒来已是半夜了，电视节目早已结束，屏幕上一片闪烁不定的雪花。

我知道自己是做梦了。因为有好一阵子，我盯着荧光屏上那些闪闪烁烁的光斑，张开干渴的嘴，期待雪花落下来。这时，风已经停了，寂静里能听到城根下大渡河澎湃涌流的声音。

突然，一声恐惧的尖叫划破了黑暗，然后一切又归于沉寂。寂静中，可以听到隐约的幽咽饮泣的声音，这声音在没有什么客人的旅馆中轻轻回荡。

早晨，旦科的父亲给我送来热水。他眼皮浮肿，脸色晦暗，一副睡眠不足的样子。

"昨天晚上？"我一边注意他的脸色，小心探问。他叹了口气。

"旦科犯病了，昨天晚上。"

"什么病？"

"医生说他被吓得不正常了,说他的神……经,神经不正常。他肯定对你说了那件事,那次把他吓出了毛病。"

"我想看看他。"

他静默一阵,说:"好吧,他说你喜欢他,好多人都喜欢他,可知道他有病就不行了。我们的房子太脏了,不好意思。"

屋子里几乎没有任何陈设,地板、火炉、床架上都沾满黑色油腻。屋子里气闷而又暖和。这一切我曾经是十分熟悉的。在我儿时生活的那个森林地带,冬天的木头房子的回廊上干燥清爽,充满淡淡阳光。而在夏季,森林里湿气包裹着房子,回廊的栏杆上晾晒着猎物的皮子,血腥味招引来成群的苍蝇,那时的房子里就充满了这种浊重的气息——那是难得洗澡的人体以及各种经久不散的食物的气息。就是在这样晦暗的环境中,我就聆听过老人们关于野人的传说。而那时,我和眼下这个孩子一样敏感、娇弱,那些传说在眼前激起种种幻象。现在,那个孩子就躺在我面前,在乱糟糟一堆衣物上枕着那个小脑袋。我看着他薄软的头发,额头上清晰的蓝色血脉,看着他慢慢睁开眼睛。有一阵子,他的眼神十分空洞,过了又一阵,他才看见了我,苍白的脸上浮起浅淡的笑容。

"我梦见哥哥了。"

"你哥哥。"

"我还没有告诉过你,他从中学里逃跑了,他没有告诉阿爸,告诉我了。他说要去挣钱回来,给我治病。我一病就像做梦一样，净做吓人的梦。"小旦科挣扎着坐起身来，瘦小的脸上显出神秘的表情，"我哥哥是做生意去了。挣到钱给阿爸修一座房子，要是挣不到，哥哥就回来带我逃跑，去有森林的地方，用爷爷的办法去逮个野人。叔叔，把野人交给国家要奖励好多钱呢，一万元！"

我把泡软的饼干递到他手上，但他连瞧都不瞧一眼，他一直在注意我的脸色。我是成人，所以我能使脸像一只面具一样只带一种表情。而小旦科却为自己的描述兴奋起来了，脸上泛起一片红潮。"以前我爷爷……"小旦科急切地叙述有关野人的传说，这些都和我早年在家乡听到过的一模一样。传说中野人总是表达出亲近人类模仿人类的欲望。他们来到地头村口，注意人的劳作、娱乐，进行可笑的模仿，而被模仿者却为猎获对方的愿望所驱使。贪婪的人通过自己的狡诈知道，野人是不可以直接进攻的，传说中普遍提到野人腋下有一块光滑圆润的石头，可以非常准确地击中要击中的地方；况且，野人行走如飞，力大无穷。猎杀野人的方法是在野人出没的地方燃起篝火，招引野人。野人来了，猎手先是怪模怪样地模仿野人戒备的神情，野人又反过来模仿，产生一种滑稽生动的气氛。猎手歌唱月亮，野人也同声歌唱；猎手欢笑，野人也模仿那胜利的笑声。猎手喝酒，野人也起舞，并喝下毒药一样的酒浆。传说野人第一次也是最后一次喝下这种东西时脸上难以抑制地出现被烈火烧灼的表情，但接近人类的欲望驱使他继续畅饮。他昏昏沉沉地席地而坐，看猎人持刀起舞，刀身映着冰凉的月光，猎人终于长啸一声，把刀插向胸口，猎人倒下了，而野人不知其中有诈。使他的舌头、喉咙难受的酒却使他的脑袋涨大，身子轻盈起来。和人在一起，他感到十分愉快，身体硕壮的野人开始起舞，河水在月光下像一条轻盈的缎带，他拾起锋利的长刀，第一次拿刀就准确地把刀尖对准了猎手希望他对准的方向，刀揳入的速度非常快，因为他有非常强劲的手臂。

传说中还说这个猎人临终时必然发出野人口中吐出的那种叫喊，这是人类宽恕自己罪孽的一种独特方式。

传说讲完了。小旦科显得很倦怠，阳光穿过窗棂照了进来。这地方那可怕的热气又在开始蒸腾了。

旦科说："阿爸说人不好。"

"不是都不好。"

旦科笑了，露出一口稚气十足的雪白整齐的牙齿，"我们要变成坏人。哥哥说坏人没人喜欢，可穷人照样没人喜欢。"

他父亲回来中止了我们的谈话。

我忍不住亲了亲他的小额头，说："再见。"

旦科最后嘱咐我："见到哥哥叫他回来。"

他父亲说："我晓得你什么话都对这个叔叔讲了，有些话你是不肯对我说的。"

语调中有一股无可奈何的凄凉。

孩子把一张照片掏出来，他争辩说："你看，叔叔老家的磨坊跟我们村子里的那座一模一样。"

浊重的大渡河水由北而南汹涌流过，县城依山傍河而建。这些山地建筑的历史都不太长，它的布局、色调以及建筑的质量都充分展示出急功近利、草率仓促的痕迹。我是第一次到达这个地方，但同时又对它十分谙熟，因为它和我在这片群山中抵达的许多城镇一模一样，它和我们思想的杂乱无章也是十分吻合的。

仅仅半个小时多一点，我已两趟来回走遍了狭窄曲折的街道。第一次我到车站，被告知公路塌方，三天以后再来打听车票的事情。第二次我去寻找鞋店。第三次走过时有几个行人的面孔已经变得熟识了。最后我打算到书店买本书来打发这几天漫长的日子，但书店已经关了。

这时是上午十一点半。

"书店怎么在上班时间关门？这个地方！"因为灰尘，强烈的阳光，前途受阻，我心中有火气升腾。

终于，我在一家茶馆里坐了下来。

一切都和我想象的一模一样。无论是茶馆的布置、它的清洁程度、那种备受烈日照射地区特有的委靡情调。只有冲茶的井水十分洁净，茶叶一片片以原先植株上的形态舒展开来。我没有租茶馆的武侠小说，我看我自己带的书《世界野人之迹》，一个叫迈拉·沙克利的英国人写的。第四章一开始的材料就来自《星期日邮报》文章《中国士兵吃掉一个野人》，而那家报纸的材料又来自我国的考古学杂志《化石》。这引起我的推想，就在现在这个茶馆坐落的地方，百年之前肯定满被森林，野人肯定在这些林间出没，寻找食物和洁净的饮水。现在，茶馆里很安静，那偶尔一两声深长的哈欠可能也是过去野人打过的深长哈欠。这时，我感到对面有一个人坐下来了，感到他的目光渐渐集中到了我的书本上面。我抬起头来，看到他的目光定定地落到了那张野人脚印的照片上。这个人给我以似曾相识的感觉。这个人又和这一地区的大部分人一样皮肤粗糙黝黑，眼球浑浊而鼻梁一概挺括。

"野人！"他惊喜地说，"是你的书吗？"他抬起头来说。

"对。"

"啊，是你？"

"是我，可你是谁？"

"你不认得我了？"他脸上带着神秘的神情倾过身子，口中的热气直扑到我脸上。我避开一点。他说："金子！"

我记起来了。他是我在泸定车站遇见的那个自称有十几斤金子的人，加上他对野人的特别兴趣，我有点知道他是谁了。

我试探着问："你是旦科的哥哥。"

"你怎么知道？"他明显吃了一惊。

"我还知道你没有什么金子，只有待会儿会放出来的屁。"不知为什么我一下子对这个年轻人显得严厉起来了，"还有你想捕捉野人的空想。野人是捉不住的！"我以替野人感到骄傲的口吻说。

"能捉到。用一种竹筒，我爷爷会用的方法。"

他得意地笑了，眼中又燃起了幻想的疯狂火苗，"我要回家看我弟弟去了。"

我望着他从其中很快消失的那片阳光，感到沥青路面变软，鼓起焦泡，然后缓缓流淌。我走出茶馆，有一只手突然拍拍我的肩膀："伙计！"是一个穿制服的胖子。他笑着说："你拿了一个高级照相机啊。"那懒洋洋的笑容后面大有深意。

"珠江牌不是什么高级照相机。"

"我们到那边阴凉地坐坐吧。"

我们走向临河的空荡荡的停车场，唯一的一辆卡车停放在那里看来已经有很长的时间了。

我背倚着卡车轮胎坐下来，面向滔滔的大渡河水。两个穿着制服的同志撇开我展开了别出心裁的对话。

"昨天上面来电话说一个黄金贩子从泸定到这里来了。他在车站搞倒卖，有人听见报告了。""好找，到这里来的人不多，再说路又不通了。"

胖子一直望着河面。

瘦子则毫不客气地逼视着我，他说："我想我们已经发现他了。"

两人的右手都捂在那种制服的宽敞的裤兜里，但他们的手不会热得难受，因为他们抚弄着的肯定是某种冰凉的具有威胁性的金属制品。而我的鼻腔中却充满了汽车那受到炙烤后散发出的橡胶以及油漆的味道。

我以我的采访证证实了身份后，说："到处声称有十几斤金子的人只是想象自己有那么富有。""你是说其实那人没有金子？"胖子摇摇头，脸上露出不以为然的笑容。

"嗨，你们知道野人的传说吗？"

"知道一点。"

"不久前，听说竹巴村还有野人，那个村子里连娃娃都见过。"

"竹巴村？"

"这个村子现在已经没有了。"

"泥石流把那个村子毁了，还有那个女野人。"

我又向他们询问用竹筒捕捉野人是怎么回事，他们耐心地进行了讲解。原来这种方法也和野人竭力模仿人类行为有关。捕捉野人的人事先准备两副竹筒，和野人接近后，猎手把一副竹筒套在自己手上，野人也捡起另一副竹筒套上手腕。他不可能知道这副竹筒中暗藏精巧机关，戴上就不能褪下了，只能任人杀死而无力还击了。

"以前杀野人多是取他腋下那块宝石。"

"吃肉吗？"

"不，人怎么能吃人肉？"

他们还肯定地告诉我，沿河边公路行进十多公里，那里的庙子里就供有一颗野人石。他们告辞了，去搜寻那个实际上没有黄金的走私犯。我再次去车站询问，说若是三天以后不行就再等到三天以后，这帮助我下定了徒步旅行的决心。

枯坐在旅馆里，望着打点好的东西，想着次日在路上的情形，脑子里还不时涌起野人的事情，这时，虚掩的门被推开了。旦科领着他哥哥走了进来。我想开个玩笑改变他们脸上过于严肃的表情，但又突然失去了兴致。

"明天，我要走了。"

他们没有说话。

"我想知道野人和竹巴村里发生的事情。"

他们给我讲了已死的女野人和他们已经毁灭的村子的事情。那个野人是女的，他们又一次强调了这一点。她常常哭泣，对男人们十分友善，对娃娃也是。竹巴村是个只有七户人家的小村子，村民们对这个孤独的女野人都倾注了极大的同情。后来传说女野人与他们爷爷有染，而女野人特别愿意亲近他们爷爷倒是事实。

"爷爷有好长的胡子。"

后来村子周围的树林几年里就被上千人砍伐光了。砍伐时女野人走了，砍伐的人走后，女野人又回来了。女野人常为饥饿和再难得接近爷爷而哭泣。她肆无忌惮的哭声经常像一团乌云笼罩在村子上面，给在因为干旱而造成的贫困中挣扎的村民带来了不祥的感觉。于是，村里人开始仇恨野人了，他们谋划杀掉野人。爷爷不得不领受了这个任务，他是村里德高望重的老人，也是最为出色的猎手。

爷爷做了精心准备，可野人却像有预感似的失踪了整整两个月，直到那场从未见过的暴雨下来。大雨下了整整一夜，天刚亮，人们就听见了野人嗥叫的声音，那声音十分恐惧不安。她打破了以往只在村头徘徊的惯例，嗥叫着，高扬着双手在村中奔跑，她轻易地就把那只尾随她吠叫不止的狗掼死在地上了。这次人们是非要爷爷杀死这个野人不可了。她刚刚离开，久盼的雨水就下来了，可这个灾星恰恰在此时回来想激怒上天收回雨水。

阿妈跪在了阿爸——她的阿爸我们的爷爷面前，说杀死了这个女野人村里的女人肯定都会爱他。

爷爷带着竹筒出现在野人面前。这时，哗哗的雨水声中已传来山体滑动的声音。那声音隆隆作响，像预示着更多雨水的隆隆雷声一模一样。人们都从自家窗户里张望爷爷怎样杀死野人。爷爷一次又一次起舞，最后惹得野人掼碎了竹筒。她突然高叫一声，把爷爷夹在腋下冲出村外，两兄弟紧随其后。只见在村外的高地上，野人把爷爷放了下来，脸上露出了傻乎乎的笑容，雨水顺着她细绺的毛发淋漓而下。女野人张开双臂，想替爷爷遮住雨水。这时，爷爷锋利的长刀却扎进了野人的胸膛，野人口中发出一声似乎是极其痛苦的叫喊。喊声余音未尽，野人那双本来想庇护爷爷的长臂缓缓卡住了爷爷的身子。爷爷被高高举起，然后被掼向地上的树桩。然后，野人也慢慢倒了下去。

这时，泥石流已经淹没了整个村子。

旦科说："磨坊也不在了，跟你老家一样的磨坊。"

"这种磨坊到处都有。"

他哥哥告诉他说。

第二天早上我徒步离开了那个地方，顺路我去寻访那个据说供有野人石头的寺庙。寺庙周围种着许多高大的核桃树。一个僧人站在庙顶上吹海螺，螺声低沉幽深，叫人想到海洋。他说庙子里没有那样的东西。石头？他说，我们这里没有拜物教和类似的东西。

三天后，我在大渡河岸上的另一个县城把这次经历写了下来。

槐 花

突然袭来一股浓烈的花香。

五月的这个平常夜晚，谢拉班竟不知自己身在何处。他在梦醒时突然感到这过分的宁静，还闻到了稠重浓烈的花香，是槐花的香气。

谢拉班揭开盖在腿上的毛毯，站起身来。床架和身上的关节都在嘎嘎作响。他弓着腰站在这个岗亭里，咳嗽声震动了窗上的玻璃。他的四周都是玻璃，十六块正嗒嗒震响的玻璃把他包围起来，玻璃上面是铁皮做成的尖顶。当他关了灯，仰躺在床上，岗亭的顶尖就成了一只幽深的倒悬的杯子——里面斟满往事气味的杯子，他总是平静而又小心地啜饮。他对自己说：这样很好。用的是儿子对他说话的那种口吻。儿子叫自己住进了这种鸟笼一样又像酒瓶一样的房子时说：这样好，这样很好。啜饮往事时，他小心翼翼地不叫嘴唇碰到那杯子的边沿，以免尝到油漆过的、生了锈的、被油污腐蚀了的钢铁的味道。在他看守的这个停车场里多的是这种东西：栅门、废弃了的汽车上的部件、钢丝绳、挂在胸前像个护身符一样用来报警的口哨。

花香又一次袭来。

他却做出猎人嗅到什么气味时习惯地侧耳倾听的姿态，同时掀动着两扇比常人宽大很多的鼻翼。而玻璃仍然轻轻震响，扰乱了他的注意力。儿子别出心裁，把他看守车场的小屋建成一座岗亭的样子，而且是有楼房的岗亭。谢拉班掀开楼顶口的盖板，下了用钢管焊成的七级楼梯。底层就没有玻璃了。水泥墙上有个小孔。地下是他新挖的火塘和几件炊具：一把木勺、几只木碗、一个铜茶炊。儿子送来的东西中他只要了一只砂罐用来焖米饭。他宽大的笨拙的身子从窄窄的门中挤出时，他想到了一只正在出洞的熊，想到了自己正举枪瞄准。这时，他被稀薄的光芒所笼罩，他以为是稀薄的月光，但天空很阴沉，没有月亮。照耀他的是这个城市向夜空扩散的午夜的灯光。灯光罩在城市上空，像晴朗日子里被风卷起的一团灰蒙蒙的尘土。灯光散漫，没有方向。在这种灯光下，停在车场上那几十辆卡车统统都变成了一种灰蒙蒙的没有影子的东西。他有点不相信这些能够高声轰鸣欢畅奔驰的东西怎么会如此安静而没有影子。目光越过停车场灰色的围墙，那些鳞次栉比的楼房也一样闪烁着软体动物沾水后那种灰白晦暗的光芒。

而他赖以栖身的岗亭像一朵硕大而孤独的蘑菇。这朵蘑菇没有香气。他想起那些出去打猎的夜晚，夜半从露宿的杉树下醒来，有香气冉冉而起，一朵朵蘑菇就在身前身后破土而出，这是猎手将交好运的征兆。

转过身子时，他发现墙外河边的树子。花香来自那几株槐树，在这个五月的平常的夜晚，槐花突然开放了。河风把甘甜的花香一股股吹送过来。

"开了，槐花开了。"

他尽量靠近散发花香的树子，一直走到车场出口的铁栅门边。树子和他就只隔着一条马路一扇铁栅门。栅门晚上上锁，白天打开，钥匙不在他的手里。无望的时候他就要听到这巨大的寂静。目力所及，凡是被灰蒙蒙的灯光映射的地方都有这种寂静存在。而那些灯光照射不到的树林里、田野里、村庄里的夜晚却充满了声音，生命的声音。野兽走动，禽鸟梦呓，草木生长，风吹动，青年男女们幽会抚爱……谢拉班望着那几株散发香气的槐树怀念自己死去的长子，那几个私生的漂亮女儿。他和别的女人私生的都是女儿，和妻子只生了两个儿子。妻子死了，大儿子打猎时枪走火死了，小儿子成了派出所所长。当所长的儿子看他孤独，为他办了农转非手续。这个以前远近闻名的猎手成了车场的守夜人，每天有三块钱工资，五角钱夜餐补助。

警车尖厉的叫声划破了寂静。

儿子他们又抓住小偷或者什么别的坏人了吗？谢拉班为那个小家伙担心了，虽然他知道小家伙不在城里。

他躺在床上，身上盖着毛毯。四周净是玻璃，这样便于看守。他却渴望真正的夜，真正的黑暗，而灯光却从四面漫射而来。他渴望的那种黑暗叫人心里踏实，带着树木、泥土、水的味道，而绝不是停车场上这种橡胶、油漆、汽油和锈蚀的钢铁的浓烈得强制人呼吸的蛮横味道。

闭上眼睛，那小家伙向他走来。那眉眼，那暴突的门牙都给人一种稚气的感觉。第一次见面，他就想叮嘱他小心。小心什么呢？小心汽车还是小心交通警察？而小家伙稚气未脱却故作老成，用一种突然有了钱、见了一点世面的大大咧咧的口气跟他说话。

他说："喂，老头，守车钱。不要发票，你打酒喝吧！"
"嗨，老头，想不想听点新鲜事情。"
"嗨，老头子，想不想要个姑娘……"
"嗨，老头……"

谢拉班却偏偏对这么一个不懂礼貌的小家伙怀着父亲般的慈爱，所以，当小家伙大大咧咧和自己说话时，他真想赏他几记耳光，但他却用哄孩子一样的声音说："把车停好，停好。"停好车了，小家伙大大咧咧地从车上下来，他又叮嘱他收好东西，关上车窗，上锁。因为小家伙和他说话时用的是很少人懂得的家乡方言，而这个城市通行汉语和标准藏语。

每次都是等小家伙走远了,谢拉班才突然意识到:天哪,家乡话!

老头已经很久不说家乡话了,再说除了家乡话,他只能讲几句和守车有关的不连贯的汉语,所以几乎失去了说话的机会。他白天睡觉,晚上——这个灯光永远亮不到白昼的程度的、黄昏般的夜晚醒着,守护这些谁也搬不动的卡车。

但他刚进城时不住在这里,他儿子和媳妇跟他住在一起。是他要儿子给他找的活干,他没有什么要抱怨的。儿媳妇是汉族,戴着眼镜,说话轻声细语。谢拉班尤其喜欢她那口整齐洁白的牙齿,他爱过的女人都有这样的牙齿。媳妇给了他一间专门的房子,床低矮柔软,墙上挂着他舍不得卖掉的火枪,一对干枯的分权很多的鹿角,几颗玉石一样光滑的野猪獠牙,几片特别漂亮的野鸡翎子。窗下有一张躺椅,上面铺着熊皮。孤独时,他在这个屋子里回忆往事,怀念林子和死去的亲人与猎犬。媳妇还经常让同事和上司来参观一下老猎手的房间,引起他们的赞叹。谢拉班终于渐渐明白,那赞叹不是冲他来的,而是冲着媳妇,赞叹她对一个形貌古怪的老实木讷的异族公公的孝敬而发的,最终的结果是她成了妇联的领导。那天家里摆了酒,白酒、啤酒、红葡萄酒,还有好多的菜。吃完,媳妇用牙签拨弄牙缝,拨断了几根签子也没弄出点什么。她大张开嘴唇,这时,她的全部上牙就掉了下来。谢拉班沉默着,知道自己受骗了,媳妇可爱的牙齿是假的。她哼着歌把假牙放进了杯子，掺上盐水。谢拉班对儿子说:"我受不了了!"

"为什么?"

"你老婆是假的,牙齿。是你打掉的吗?"

儿子摇头。

媳妇问丈夫:"你们说什么,你们用汉话谈吧。"

"父亲不会。"

"慢慢学嘛。"说完,她就端起那个装假牙的杯子进了另一间房子。

谢拉班突然高声说:"我要回家!"

儿子的口吻变得严厉了:"这不可能。你户口在这里。户口是什么你知道吗?"

于是他就成为车场的守夜人了。

刚守夜的时候还没有这个专门的停车场,原先的车都停在一个僻静的十字街口。守夜人住在一幢六层楼房平时不用的安全门洞里,门洞很小,刚好能放下一张床、一只火炉和他宽大的身子。他在这里喝一点酒,太阳出来前入睡,太阳落下后醒来。这时,街灯已经亮了,楼上的窗口里传出电视里演奏国歌的声音,一辆辆牌号不一、新旧不等的卡车慢慢驶来,寻找合适的停靠位置。谢拉班看到这些平时在公路上风驰电掣的钢铁家伙在自己面前如此小心,感到开心。他手里挥动着一个大肚细颈的扁平的酒瓶指挥这些汽车停在这里,停在那里,只是那酒瓶是个司机喝光了里面的白兰地后扔下的。后来,他把儿子为他架的床拆了,在地上铺上那张曾铺在躺椅上的头尾爪俱全的熊皮,听着火炉里劈柴的噼啪声和那好闻的松脂香气,在熊皮上安然入眠。司机们给他捎来不同地区出产的酒和食物,那时他常常喝醉。一个住在楼上整天被一对双胞胎孙子弄得精疲力竭的老头和一个拉垃圾的老头不时来他守夜的小屋里坐坐,一起缅怀年轻时候的日子。两个老头都羡慕他有这样一份美差。谢拉班喝多了,他听见自己得意地说:"我儿子是派出所所长。"他知道自己不想对比自己还可怜的老头说这些,可是却管不住自己的舌头,"我媳妇也是官了。"第二天,他向两个朋友道了歉。过不久,带孩子的老头来告诉他拉垃圾的老头死了,他也要回乡下老家去了。

那天,两个老头喝了酒。

谢拉班羡慕他能回到乡下。

他却羡慕谢拉班能留在城里。

谢拉班因此多喝了几口,分手后,他信步走到最短的那条横街。春天里暴涨的河水出现在他面前,岸边浮荡脏污的泡沫。因为太多的泥浆,河中翻涌不起臆想中那样汹涌的浪头。夕阳把河水映照得一派金黄。河水带着浓重的泥腥味穿城而过,最后消失在群山之中。远山中岚气迷蒙,凄凉、孤独的感觉涌上心头,许多东西在咬他的心房和骨头。直到背后城里灯光明亮起来,远山从视线中完全消失,他才离开河岸。

走回守夜的地方时,感到很累,他知道自己日渐衰老了。

天要变了，一身关节都在隐隐作痛。

就是这个晚上，那个小家伙来了。小家伙稚气未脱却大模大样的。

"喂，老头！"

"我叫谢拉班。"

"老头。嘿嘿，老头。"

"我是一个有名的猎手，你听到过我的名字吗？回去问你阿妈吧！"

"老头，你醉了吧。"

谢拉班猛然咆哮起来："我叫你把车子停在右边，不是左边！"

小家伙却砰地关上车门，吹起了口哨。谢拉班深感委屈，喝多的酒好像就要从眼里流溢出来了。他劈手揪住小家伙的领口，小家伙却扼住他的手腕，他们相持不下。但谢拉班知道自己老了，力气渐渐变小，而小家伙的力气却是越来越大了呀！这时，他越过对手的肩头看见儿子阴沉着脸一声不响走了过来。

谢拉班说："快放手，派出所所长来了！"小家伙没有松手。他儿子的拳头在小家伙的面前晃动。小家伙大声争辩，又和派出所所长扭结在一起了。谢拉班硬把儿子拉开。在他搂住小家伙的同时，儿子拿出手铐，威吓说要把小家伙铐走。谢拉班承认是自己喝多了酒，挑起的事端。儿子给他留下一束干肉，悻悻地走了。

那个晚上，谢拉班为小家伙准备了吃食，让他躺在熊皮上休息，向他讲述那张熊皮的来历，向他讲那些牙齿洁白漂亮的女人。最后，他对小家伙说："你要找女人就找一个牙齿真的洁白整齐的女人。"

小家伙歪着嘴笑了。

回想起来，那仿佛是他进城后最短的一个夜晚。

小家伙每次都给他捎来东西：一捆引火的干树枝、点燃后熏除蚊虫和秽气的新鲜柏枝、糖果、甘蔗、鼻烟、死野鸡，甚至还带来过一摞连环画和一把玩具手枪。然后就和他告别，上街吃饭，打下点小注的台球。

只有一次，他的车夜半才抵达。

小家伙从车上抱出来大把洁白芬芳的槐花，他把槐花扔在熊皮上，小屋里立即充满了槐花的香气。他又从车上取下一小袋麦面，说："做个馍馍吧，家乡的槐花馍馍吧。"

这也是一个过于短暂的夜晚。

谢拉班生火、烧水、和面，在面粉中掺进细碎的槐花瓣子。小家伙睡着了。小屋里缭绕着甘甜的槐花香气。

馍馍刚熟，他就醒了。他的嘴开始笑时眼睛还没有全张开。

"好了吗？"

"好了。"

"老头啊，我们先来看看馍馍上的纹路预兆些什么吧！"

老头轻轻吹拂自己的十个指尖，说："让你拿起的东西告诉我们一个好明天。"馍馍上纹路开阔，眉开眼笑，香气四溢。

吃这个馍馍时又烧上另一个馍馍，这后一个馍馍也一样眉开眼笑。

小家伙说："好哇，明天可以取回我的执照了。"

"执照？"

"他们把我执照没收了。有你儿子。"

早上，谢拉班往儿子办公室送去家乡风味的馍馍，取回了执照。

儿子说："叫小家伙不要再遇见我，他干的事够他蹲两年监狱。"

看来事情是真的，小家伙再没有来过了。好在充作停车场的街口在这年冬天里颇不寂寞。半夜还有醉汉唱歌，掀翻垃圾筒；有面白如雪眼圈幽蓝的女人来往招摇；还有一只野狗在垃圾中寻找食物。这只狗种很纯正，耳朵、眼睛、鼻子都是那种能成为出色猎狗的灵敏样子，却不知它为何流落城市，肮脏而又瘦弱，最后几个醉汉用一段电线结束了它的生命。后来，谢拉班被告知，凡发现醉汉、暗娼、小偷、流氓，都要向派出所报告，并且可以得到奖金。后来又有了治安巡逻队，那些夜游者就断了踪迹。谢拉班感到寂寞了，坐在小屋里怀念那个干了坏事的说家乡话的、喜欢槐花馍馍的小家伙。他小屋的门永远开着。有时听到有尖厉的呜呜声响起，以为是吹风，却看见警车执行任务，更多的时候却是风挟着雪花在灯光中飞扬。

新年过后不久，新的停车场建好了。

是儿子的主意把守夜人的小屋建成他不喜欢的样子。

儿子显然一片好心，那样他躺在床上就可以看守这些车子。

现在，在这个槐花初放、香气浓郁的夜半，谢拉班躺在床上，在漫射的灰蒙蒙的灯光中，在玻璃的包围里想起出猎时住过的岩洞、栅寮，它们的味道和月光下浓重的阴影，和它们相比，现在栖身的地方简直是不合情理。尽管他知道，在城里，使用玻璃和油漆最多的房子是最好的房子。

他听见自己说："我不喜欢。"他想：人老了，开始莫名其妙地自言自语了。他把厚实的毯子拉起来，盖住脸，想象自己已经死了，并有意识地屏住自己的呼吸，心脏跳动的声音早就渐渐慢了。他睡着了，梦见了大片大片碧绿的青草，醒来，那些青草还在坡上摇曳起伏。梦见青草预兆见到久违的亲人。谁呢？小儿子不梦见青草也能见到，大儿子和妻子梦见青草也见不到了。

"那就是他了。"他又听见自己自言自语了。

他看到说家乡话的小家伙从他车上下来。看见小家伙下车时模仿那些最老成的司机的姿态。听见他喊："老头，嗨！"

谢拉班又听见自己说："槐花开了。"

这时，组成这个城市的建筑正从模糊的、似梦非梦的灯光下解脱出来。谢拉班从床上起来。那天他花了很长时间把一些废钢条绑成了一架梯子，把梯子扛到槐树下，采摘了许多芬芳洁白的槐花。

群蜂飞舞

今天是一九九二年六月的一天,我在这个故事发生的地方写这篇东西,就在寺院的客房中间。四周静寂无声,抬眼就可以看见大殿的屋脊上站着永不疲倦的铜鹿,它们站在那里守护法轮。在我和这些闪闪发光的东西之间,是一片开满黄色小花的草地。这里还是中国一条有名的大江发源的地方,清澈的空气中有净水的芬芳。我不由得面带微笑,写下了这几个字:群蜂飞舞。刚写完,我立即就感到了光芒和颤动,听到了曼妙的音乐,虽然我不知它来自何方。

于是,我往下写:

彩虹或佛光

我住的是桑木旦先生的房间。桑木旦先生去了美国后，寺院管理委员会与活佛共同决定把这里辟为接待来访学者的客房。

都说桑木旦先生是个奇妙的人物。

还在上中学的时候，他就以聪颖和懒散而闻名。故事是从他和一帮男女同学去野餐开始的，因为广阔草原终于迎来了短暂的夏天。桑木旦先生那时对数学充满兴趣，他把草原的广大与夏天的短促相比，说："妈的根本不合比例！"他们无意中选中了一个重要的日子去野餐。就是这一天，一个圆寂了十七年的活佛化身被预言将在这天出现。学生们上路的同时，我现在居住的这个寺院的僧人们早早就上路了。他们一路快马加鞭，正午时分就来到了圣湖边上。近处，洁白的鸥鸟在水上蹁跹，远处，一柱青烟笔直地升上蓝天，这一切当然都被看做吉祥的征兆。其实，那天梯般的烟柱下面是一群野餐的男女少年。一群马就在这群少年人附近游荡。两个十六岁的中学生逮住了白色的两匹，在同伴们钦敬的目光中奔向天边，其中一个在圣湖边上被认做了转世活佛。

桑木旦单马回去，用悲伤的表情说人家选了他最好的朋友，而不选他，他对放马的牧人说："新活佛把你的白马骑走了,我以后叫他赔给你。"牧人惊惶地捂住桑木旦先生的嘴。接下来,这个英俊的汉子五体投地向着圣湖方向磕起头来。桑木旦没做活佛仍然是一个自自在在的快乐青年。

桑木旦大学毕业后在一所中学做了数学教师。他留起了一抹漂亮而轻佻的胡子,却不是个四处追欢逐乐的人了。他的工作很受欢迎,自己却心不在焉的样子。

终于,他对校长说:"我要辞职不干了。"他对认为他又在开什么玩笑的校长说,"我不会去做生意,想找个地方去学点经学的什么东西。"

于是,他来到了我现在所住的地方,竖立起我背后这些书橱,摆下了我正伏身其上的这张桌子。活佛是他当年的同学和好友,为他剃度时却做出不认识的样子。桑木旦用最真诚最带感情的声音叫了当年好友的名字,说:"我真心地谢谢你。"

活佛对我说:"我不知怎么不高兴他来。"

我说:"其实,他是知道的。"

活佛说:"我说桑木旦先生你不能直呼我的名字。他那胡子看起来有讥笑的意思,我就叫人剃去了他的胡子。"

胡子一经剃去,他的脸就显得真诚了。于是,活佛带着点歉意说:"就是你,也要起一个法名。"

"我不要什么法名,我不是想来争你这里的什么功名,我只是来学点经学的东西。"

这句话非常冒失无礼,却引起了学问最好的拉然巴格西的兴趣。格西做活佛的经师十年有余，渐渐对他的悟性与根器失望起来。格西就对桑木旦先生说："跟我学佛学中的根本之学内明学吧，只有它宏大精深，奥义无穷啊。"

那天，格西讲授龙树的《中论》说世间万物万象皆"空"，而这个"空"又不是没有。活佛听了半天也不得要领，没有形而上能力。桑木旦先生就说："嘁，还不如数学难学。"他还对活佛说："当年，你数学就不好，所以着急不得。"打这以后，活佛就拒绝跟桑木旦先生一起听讲了。

而桑木旦先生就坐在我现在坐着的地方，把拉然巴格西也未曾全部穷究过的经卷打开。阳光照进窗户，金粉写成的字母闪闪发光。桑木旦先生微笑着戴上变色眼镜，金光立即就消失了，纸上就只剩下了智慧本身，在那里悄然絮语。他带着遗憾的心情想：这个世界上，任谁也读不完这些充满智慧也浪费智慧的书了。格西却忧心忡忡，活佛已经拒绝上哲学课了。他把兴趣转向了医学，禅房内挂起了学习诊脉和人体经络的挂图。

这天，桑木旦先生正想着没有人能穷究所有经卷时，格西来了。格西叹口气说："你的天资证明我们当初选错了活佛。"

"我不会想当活佛的。"

"是啊，那时就是你不肯当。"当时，是两位翩翩少年骑着白马出现在湖边，而叫相信预言的僧人们不知选定哪个才好。桑木旦那时就骑马走开了。

桑木旦先生把经卷用黄绸包好，放回架上，说："那我们看看他去吧。"出门时，他提上来寺时带的包，并且把门上了锁，还把初来时就收起的金表也戴上了，指针停在两年前的某个时间。格西问："你这是干什么？"

桑木旦先生也不答话，大步往大殿方向走去。到了大殿门口，格西想叫他站住。格西下定决心既然一个寺院只有一个高级别的活佛而且无法更改，就要维护他的威仪。见活佛之前就要叫人预先通报，可桑木旦先生却径直走了进去。

格西站在大殿门外，看着阳光在花间闪烁，一些色彩艳丽的野蜜蜂停在花上扇动透明的翅膀。这时，活佛和桑木旦先生并肩从空洞的大殿中走了出来。他听见活佛边走边吩咐随从，叫他取个收音机来。他说："桑木旦先生的金表不知道尘世上是北京时间几点。"

随侍的小和尚小跑着去了。活佛、桑木旦先生和拉然巴格西就顶着阳光，望着天上变幻不定的云朵。小和尚又小跑着来了，学着播音员庄重的声音说："刚才最后一响，是北京时间十六点整。"弄得三个人都笑了起来。

桑木旦先生对表时，活佛伸手在快要触及他肩膀的地方做了个拍肩的姿势，就转身踅进了大殿。不远处的柏树林下，几个和尚在呜呜哇哇练习唢呐。格西这才明白，桑木旦先生要离开了。因为桑木旦先生提上了包，说："真是个美丽的地方。"桑木旦先生还对格西说："我去过你的家乡，那里也是一个很美的地方，夏天里也是到处都有蜜蜂在歌唱。"

说话时,他们已经相随着到了寺院的围墙外边,清澈的溪水潺潺流淌。

桑木旦先生叫了一声:"啊!哈!"转眼之间,他就把自己脱得一丝不挂,扑进了溪流中间。这个学问精深的人在清浅的水中扑腾,他噗噜噜喷水,像快乐的马驹打着响鼻。他把头整个钻进水中,结实的脊梁拱出水面,像一条大鱼。最后,他猛地站了起来,嘀嘀欢叫着摆动头颅,满头水珠迸散成一片银色水雾。这一瞬间,世间的一切都停顿下来。虽然鸟依然在叫着,轻风依然从此岸到彼岸,但整个世界确实在这里骤然停顿一下。拉然巴格西看到罩在桑木旦先生头上的水雾,被下午西斜的阳光透耀,幻化出一轮小小的彩虹。

天哪!佛光!

格西两膝一软,差点就要对在水中嬉游的人跪下了,彩虹也就在这个时刻消失了。时光又往前流动,桑木旦先生坦然踏上了岸边草地。他站在那里蹦跳着,等太阳把身体晒干。高处,四面八方都是中止了功课出来围观的喇嘛和尚,风吹动他们宽大庄重的紫红衣衫,噼噼啪啪的声音像是有无数面旗帜在招展。

写到这里,一团阴影遮住了明亮的光线,是格西来我这里做客了,我们一起用了乳酪和茶。之后,我把写好的故事念给他听,他说:"嘀嘀,是这么个味道。看来,你要写马了。"

人们都不注意时,两匹马越过了低矮的山口。一匹骑着人，一匹马的空背缎子样闪闪发光。没人看见两匹红马渐渐过来，都看着桑木旦先生一件件穿好另一个世界里的时髦装束，戴上金表，贴在耳朵上听听，转身，两匹马已经来到了狭窄的溪流的对岸。

桑木旦先生对马背上的人扬扬手，说："很准时啊，你！"

来人在马上弓一弓身子说："请上马，我们要十点才能到接你的汽车那里。"

"好啊，我们要在月光下经过湖岸了。"

桑木旦先生骑着红马头也不回，走了。

风使绕着院墙的一排排镀铜的经轮隆隆旋转起来，一时间，四处金光灿烂。拉然巴格西从这一片金光中往回走，经过大殿门口时，看见穿着杏黄衬衫的活佛站在石阶上瞩望。格西不禁想到赋予他威仪的是名号而不是学问，格西伸出双手："这是他奉还的念珠与袈裟。"

"桑木旦他真的走了？"

格西不回答。格西的目光越过活佛的头顶，落在妙音仙女的琵琶上。这个仙女是佛教世界中的诗歌女神。格西仰望着女神，突然想写一首关于彩虹或者佛光的诗歌。一念及此，便只听得铮铮然一声响亮，是妙音仙女在空中拨动了手中的琵琶。只是一声，却余音绵长、轻盈、透亮，犹如醍醐灌顶，犹如是从采蜜花间的蜜蜂翅膀上产生的一样。

之后好久，这一声响亮还在拉然巴格西耳边回荡。

群蜂飞舞

秋天未到,就传来桑木旦先生在首都获得博士学位的消息。

传来的消息肯定有些走样,说是桑木旦先生答辩时一个问题也不回答那些哲学教授。桑木旦先生在传说中显得很有机锋,他说:"问题也好回答也不好回答。不信,就让我站着的问坐着的一点。"

但是,桑木旦先生已经写成了一本有关宗教哲学中诡辩论方法的书,填补了一个学术空白领域而获得博士学位。现今有一种比附,把寺院中显教密教学院比做大学,把格西比做博士。格西想,自己也是个博士,但却是皓首穷经才取得的啊,于是赞叹:"是根器很好的人哪!"

活佛说:"扎西班典。"

扎西班典是一个人的名字,同时也是这个寺院护法神祇的名字。藏传佛教的一些书中说:凡是以雪山为栅栏有青稞和牦牛的地域都是自己流布的地域。佛教在这个地域流传过程中不断增添着神祇,比如在传布过程中把许多妖魔鬼怪收伏为护法。扎西班典三百年前是一个格西,也就是一个博士。他因为学问太多疑问太多,走上旁门左道,死后不能即身成佛,而成为邪魔,被当时功力深厚的活佛收摄而专门保护经典。

活佛问:"那天,桑木旦先生说了些什么?"

"哪天？"

"他走的那天。"

"他问我家乡是不是比这里更美，在这个季节。"

"你看是这样的吗？"

"我想花开得早，蜜蜂也更多一些。"

"嗬嗬！"

这个本寺有史以来的十七世活佛，说：嗬嗬！就是不太满意的意思了。格西决定不对活佛说彩虹或佛光的事情了。现在，他决定永远不说了。

之后，日子就平静下来，活佛也开始潜心向学。没有桑木旦先生在，活佛也就显出了相当的领悟能力，人也一天天重新变得亲切起来了。草原上的美好季节飞快消逝，落花变成飞雪，白雪在一片金黄的原野上降落，一点也没有萧索的味道。

寺院和桑木旦先生居住的城市并没有书信往返，但人们总能得到他的消息，知道他正在学习一种可以给世界上所有文字注音的奇妙语言。还说他正在写一本内明方面的书，兼及喇嘛们的修持术，而这正是拉然巴格西所专擅的啊。那本正在远方案头写作的书成了格西冥想的障碍。他想：自己也该写一本这样的书了。但是，众多的弟子环绕身旁，连活佛眼中也闪烁着因为有所领悟而更加如饥似渴的光芒，格西就只好指导他们诵读经典。

花正落着飞雪就降临，所以，下雪天里四处还暗浮着浅淡的花香。在弟子们的诵经声中，有了一种更加轻盈的声音在飞旋，在比弟子们声音更高的地方。

弟子们也都抬起头来，从空中捕捉这美妙声音的来源。大家都把目光转向了壁画上的妙音天女，只有格西看到了是一只野蜜蜂在低垂的布幔间飞翔。本来，大家都是熟悉这种声音的。这种色彩的蜂就只在草原上生长，蜂巢筑在草棵下的土洞里。眼下这只蜂未能在落雪前及时归巢，却飞到这里歌唱来了。

格西不禁由衷赞道："好啊！"

弟子们也心口如一，齐声赞道："好啊！"

不说妙哉妙哉而说好啊是多么出乎本心！

射进窗口的阳光从高处投射下来，照亮了一张张脸。光芒背后，是雪花自天而降。格西更深稳地坐在黄缎铺成的法座上，闭上了双眼。他并不奇怪自己看到那个头顶彩虹的人，但那个人迅速隐身。格西于是又看到一个人——可能就是自己在花间行走，双手沾满了蜂蜜的味道，赤脚上沾满花香。

群蜂飞舞！

拉然巴格西只听訇然一声，天眼就已打开！

他感到庄严大殿厚重的墙壁消失，身上的衣裳也水一样流走。现在，他是置身于洁净的飞雪中了！沁凉芬芳的雪花落在身前身后、身里身外。而群蜂飞舞，吟唱的声音幻化成莲座，托着他轻轻上升起来。

桑木旦先生的梦魇

整个冬天,拉然巴格西闭关静修。春天,他重新出现在大家面前时,已是一副奇崛之相了:额头变得高而且亮堂,中间仿佛要生出角来似的凸起,放射着超然的光芒。格西不仅样子大变,性情也变得随和起来。他不再希望人人都师从他学习经院哲学,对弟子也不似原来严厉了。

活佛说:"格西以前话又多又长。"

格西说:"我梦见了桑木旦先生。"

"那是他要回来了吗?"

活佛发觉自己怀念着桑木旦先生,不知是他自动还俗还是他成了博士的缘故。活佛又看到多年前的情景,看到一帮男女同学出去野餐。他想:那两匹白马是自天而降的吧?它们那样洁白,那样轻盈优雅,应当不是俗世的产物。当时,他们却都没有想到这些,只是凭了少年人的敏捷身手和美好心情翻身上了马背,往宝石般湛蓝的湖边飞奔而去。湖泊幽蓝宁静像是落在地上的一片天空,两个少年人惊喜地欢叫起来。

活佛对我说:"我现在还听得见自己是怎么叫唤的,还有桑木旦先生。"

每天,他都来看我,一脸亲切庄重的神情,背后跟着他眉清目秀的侍从,小心翼翼地捧一罐牛奶。活佛把牛奶递给我,看我一口气把牛奶喝干。完了,我对着罐口大喘,里面就像大千世界一样发出回响。然后,他问:"写到什么地方了?"

"你们因为美景而叫喊。"

"我们,我和桑木旦先生是喊了,喇嘛们就冲了出来。"

喇嘛们像埋伏的士兵一样从盛开的小叶杜鹃林中冲了出来。也许因为花香过于浓烈,他们像醉了一般摇摇晃晃。后来,他们说是因为终于找到了领袖的极度幸福。喇嘛们得到兆示:圆寂已久的十六世活佛早已转生,十七世将是一个翩翩少年骑白马出现在初夏的湖边。他们扑倒在马前,用头叩击柔软的草地。等抬头时,他们却一下子呆住了。面前是两个少年骑来了两匹白马!其余都像预兆中一样,鲜花悄然散发奇香,鸥鸟从湖面上飞起。看来,他们必须选择一个了。拉然巴格西的手伸向了看去更聪明俊美的少年。可桑木旦却一提缰绳,叫道:"不!"然后,一串马蹄声嗒嗒掠过湖岸。于是,巨大的黄色伞盖在如今这个活佛头上张开,在那团阴凉的庇佑下,少年人走上了他威仪万分的僧侣生涯。

活佛如今平静地向我追忆这些往事,当然也掩过了一些尴尬的段落。他总是以一个宗教领袖的口吻说:"桑木旦先生当了博士,我为此而感到安慰。我还要为他多多地祈祷。"我不好表示反对或赞同,就暧昧地笑笑。他又说:"我确实想念他。"

他也对格西说同样的话。

格西说:"等着吧,他十二天之内就会回来。"

桑木旦先生是十三天头上回来的。这次回来,桑木旦先生带着帐篷、睡袋、照相机、罐头食品,也就不再住如今我住的房子,而把营地扎在了寺院外边生长蘑菇的草地上了。桑木旦先生人也有些变了,不再是那种十分聪明而对什么都可以满不在乎的样子了,想是因为已经是国家的博士了。他在自己的帐篷里招待活佛与格西吃了一顿水果罐头:梨、荔枝、菠萝、杨梅。他戴着舌头很长的帽子,持着相机肆意拍摄:塑像、壁画、法器、日常生活用具,其余时间就趴在罐头箱子上写一本书。活佛趁他不在时看到了书名:《在尘世和天堂之间——我短暂的喇嘛生活》。那么,他永远地回到尘世了,往天堂方向走了一段又回去了。一股温情涌上了活佛的心头。晚上,活佛又去看他。昔日的朋友已经入睡了。帐篷四周荡漾着水果的甘甜味道,那是桑木旦先生打开的罐头所散发的。月光照亮了他的脸。这个快乐的人的梦看来并不轻松,他的眉头紧皱。活佛为他祈祷一阵,桑木旦先生叹息一声,眉头就舒展开了。

回去的时候,露水打湿了活佛的双脚。

第二天,活佛又去了帐篷。桑木旦先生不在,活佛又想起昔日两个少年人之间的小小把戏。他找来几块拳头大的石头,塞到了桑木旦先生的被褥下边,这些都被格西看在眼里。他说活佛已经有很好的心境接近真知了,格西是在活佛留他一起用饭时这样讲的。这时,桑木旦先生进来了,说是昨天晚上做了噩梦，梦到活佛打他，一拳又一拳。

格西笑了。

活佛就往桑木旦先生身上真打了一拳："是这样吗？"

"没有什么疼，但确实在打。"

格西就说："我看你要离开我们了。"

"是。"桑木旦先生低下头，说，"我要走了。"

沉默好一阵子，活佛说："以前我也做过同样的梦嘛。"那时，总是桑木旦把什么东西塞到朋友的褥子下边，硌痛身子时就梦见有人打自己。活佛一提这事，桑木旦先生立即就明白过来了，脸随即也就涨红了。

活佛说："我让你照个你没照过的东西。你知道我们的护法神是不能让外人看见的。"活佛把一只挂着绣画的橱门推开，里面一组四只面具就被光芒照亮。这四只面具表示同一个人，就是那个很久以前因学问和疑问不能成佛的格西扎西班典。四只面具中三只狰狞恐怖是他成为护法神时的化身像，一只则是写他的真容。桑木旦先生虽然不知活佛曾把自己比做这个扎西班典，却也熟知他如何成为护法神祇的故事。从相机的取景框里，那人带着疑问的固执眼光刺痛了他的心房。

桑木旦先生就要到遥远的外国去了。带着从这里得到的全部东西，去外国教授东方神秘哲学，但他自己也有一种背叛了什么的感觉。

告辞时，活佛说："我要送送你。"

长相奇崛而且正变得更加奇崛的拉然巴格西端坐着,含笑不语。隔着一道纱幕似的阳光望去,像是已化成一座雕像。桑木旦先生跪下来,向恩师磕头,感到了青草的柔软和芳香。

在帐篷里,活佛从褥子下取出石头,说:"我不会再打你了。"

两个昔日的朋友相对着哈哈大笑。

到了晚上,桑木旦先生迟迟不能入睡,睡着后也不得安生,老是感到有水浇在身上,醒来却是一片月光。再入睡时,桑木旦先生就梦魇了。他梦见满月磨盘一般从空中压迫下来,闪烁一下,就变成了护法神扎西班典的脸。三百年前的叛逆对三百年后的叛逆断喝一声:"打!"

许多小拳头立即从背后袭来。一下,一下,又是一下。在梦中,他不断从窄小的睡袋中抬起身子,却又更重地落在拳头上面。桑木旦先生这个平常快乐而骄傲的人在梦中呻吟、央求。

活佛踏着月光来了,把昔日的朋友从梦魇中解脱出来。前面说过,这是一片生长蘑菇的草地。今夜,露气浓重,草地上蘑菇开始破土而出了,正好有一小群顶在桑木旦先生的睡袋下面,造成了梦魇。

活佛和桑木旦先生在草地上生起火,不一会儿,宁静的月光中就满是牛奶烧蘑菇的香甜气息。

阿古顿巴

产生故事中这个人物的时代，牦牛已经被役使，马与野马已经分开。在传说中，这以前的时代叫做美好时代。而此时，天上的星宿因为种种疑虑已彼此不和。财富的多寡成为衡量贤愚、决定高贵与卑下的标准。妖魔的帮助使狡诈的一类人力量增大。总之，人们再也不像人神未分的时代那样正直行事了。

这时世上很少出现神迹。

阿古顿巴出生时也未出现任何神迹。

只是后来传说他母亲产前梦见大片大片的彩云，颜色变幻无穷。而准确无误的是这个孩子的出生却要了他美丽母亲的性命，一个接生的女佣也因此丢掉了性命。阿古顿巴一生下来就不大受当领主的父亲的宠爱，下人们也尽量不和他发生接触。阿古顿巴从小就在富裕的庄园里过着孤独的生活。冬天，在高大寨楼的前面，坐在光滑的石阶下享受太阳的温暖；夏日，在院子里一株株苹果、核桃树的阴凉下陷入沉思。他的脑袋很大，宽广的额头下面是一双忧郁的眼睛，正是这双沉静的、早慧的眼睛，真正看到了四季的开始与结束以及人们以为早已熟知的生活。

当阿古顿巴后来声名远播，成为智慧的化身时，庄园里的人甚至不能对他在任何一件事情上的表现有清晰的记忆。他的童年只是森严沉闷的庄园中的一道隐约的影子。

"他就那样坐在自己脑袋下面，悄无声息。"

打开门就可以望到后院翠绿草坪的厨娘说。

"我的奶胀得发疼，我到处找我那可怜的孩子，可他就跟在我身后，像影子一样。"

当年的奶娘说。

"比他更不爱说话的，就只有哑巴门房了。"

还有许多人说。而恰恰是哑巴门房知道人们现在经常在谈论那个孩子，记得那个孩子走路的样子、沉思的样子和他微笑的样子，记得阿古顿巴是怎样慢慢长大。哑巴门房记起他那模样不禁哑然失笑。阿古顿巴的长大是身子长大，他的脑袋在娘胎里就已经长大成形了。因为这个脑袋，才夺去了母亲的性命。他长大就是从一个大脑袋小身子的家伙变成了一个小脑袋长身子的家伙，一个模样滑稽而表情严肃的家伙。门房还记得他接连好几天弓着腰坐在深陷的门洞里，望着外面的天空、列列山脉和山间有渠水浇灌的麦田。有一天，斜阳西下的时候，他终于起身踏向通往东南的大路。阿古顿巴长长的身影怎样在树丛、土丘和苯波们作法的祭坛上滑动而去，门房都记得清清楚楚。

临行之前，阿古顿巴在病榻前和临终的父亲进行了一次深入的交谈。

"我没有好好爱过你，因为你叫你母亲死了。"呼吸困难的领主说，"现在，你说你要我死吗？"

阿古顿巴望着这个不断咳嗽，仿佛不是在呼吸空气而是在呼吸尘土的老人想：他是父亲，父亲。他伸手握住父亲瘦削抖索的手：

"我不要你死。"

"可是你的两个兄长却要我死，好承袭我的地位。我想传位给你。但我担心你的沉默，担心你对下人的同情。你要明白，下人就像牛羊。"

"那你怎么那么喜欢你的马？父亲。"

"和一个人相比，一匹好马更加值钱。你若是明白这些道理，我就把位子传袭给你。"

阿古顿巴说："我怕我难以明白。"

老领主叹了口气："你走吧。我操不了这份心了，反正我也没有爱过你，反正我的灵魂就要升入天堂了。反正你的兄长明白当一个好领主的所有道理。"

"你走吧。"老领主又说，"你的兄长们知道我召见你会杀掉你。"

"是。"

阿古顿巴转身就要走出这个充满羊毛织物和铜制器皿的房间。你走吧，父亲的这句话突然像闪电样照亮了他的生活前景，那一瞬间他清楚地看到了将来的一切，而他挟着愤怒与悲伤的步伐在熊皮连缀而成的柔软地毯上没有激起一点回响。

阿古顿巴的脸上第一次出现了和他那副滑稽形象十分相称的讥讽的笑容。

"你回来。"

苍老威严的声音又在背后响起。阿古顿巴转过身却只看到和那声音不相称的乞求哀怜的表情："我死后能进入天堂吗？"

阿古顿巴突然听到了自己的笑声。笑声有些沙哑，而且充满了讥讽的味道。

"你会进入天堂的，老爷。人死了灵魂都有一个座位，或者在地狱，或者在天堂。"

"什么人的座位在天堂？"

"好人，老爷，好人的座位。"

"富裕的人座位在天堂，富裕的人是好人。我给了神灵无数的供物。"

"是这样，老爷。"

"叫我父亲。"

"是，老爷。依理说你的座位在天堂，可是人人都说自己的座位在天堂,所以天堂的座位早就满了,你只好到地狱里去了!"

说完,他以极其恭敬的姿势弓着腰倒退着出了房间。

接下来的许多时间里,他都坐在院外阴凉干爽的门洞里,心中升起对家人的无限依恋。同时,他无比的智慧也告诉他,这种依恋实际上是一种渴望,渴望一种平静而慈祥的亲情。在他的构想中,父亲的脸不是那个垂亡的领主的脸,而是烧炭人的隐忍神情与门房那平静无邪的神情糅合在一起的脸。

他在洁净的泥地上静坐的时候,清新澄明的感觉渐渐从脚底升上头顶。

阿古顿巴望见轻风吹拂一株株绿树,阴凉水一样富于启迪地动荡。他想起王子释迦牟尼。就这样,他起身离开了庄园,在清凉晚风的吹拂下走上了漫游的旅程,寻找智慧以及真理的道路。

对于刚刚脱离庄园里闲适生活的阿古顿巴,道路是太丰富也太崎岖太漫长了。他的靴子已经破了,脚肿胀得难受。他行走在一个气候温和的地区,一个个高山牧场之间是平整的种植着青稞、小麦、荨麻的坝子,还有由自流的溪水浇灌的片片果园。不要说人工种植的植物了,甚至那些裸露的花岗岩也散发出云彩般轻淡的芬芳。很多次了,在这平和美丽的风景中感到身躯像石头般沉重,而灵魂却轻盈地上升,直趋天庭,直趋这个世界存在的深奥秘密,他感到灵魂已包裹住了这个秘密。或者说,这秘密已经以其混沌含糊的状态盘踞了他的脑海,并散射着幽微的光芒。阿古顿巴知道现在需要有一束更为强烈的灵感的光芒来穿透这团混沌,但是,饥饿使他的内视力越来越弱,那团被抓住的东西又渐渐消失。

他只好睁开眼睛重新面对真实的世界,看到凝滞的云彩下面大地轻轻摇晃。他只好起身去寻找食物,行走时,大地在脚下晃动得更加厉害了。这回,阿古顿巴感到灵魂变得沉重而身躯却轻盈起来。

结果,他因偷吃了奉祭给山神的羊头被捕下狱。他熟悉这种牢房,以前自己家的庄园里也有这样的牢房。人家告诉他他就要死了,他的头将代替那只羊头向山神献祭。是夜无事,月朗星疏,他又从袍子中掏出还有一点残肉的羊齿骨啃了起来。那排锋利的公羊牙齿在他眼前闪着寒光,他的手推动着它们来回错动,竟划伤了他的面颊。他以手指触摸,那牙齿有些地方竟像刀尖一样。他灵机一动,把羊齿骨在牢房的木头窗棂上来回错动,很快就锯断了一根手腕粗的窗棂。阿古顿巴把瘦小尖削的脑袋探出去,看见满天闪烁的群星。可惜那些羊齿已经磨钝了。阿古顿巴想要是明天就以我的头颅偿还那奉祭的羊头就完了。他叹口气,摸摸仍感饥饿的肚子,慢慢地睡着了。醒来已是正午时分。狱卒告诉他,再过一个晚上他就得去死了。狱卒还问他临死前想吃点什么。

阿古顿巴说："羊头。"

"叫花子，想是你从来没吃过比这更好的东西？"狱卒说，"酒？猪肉？"

阿古顿巴闭上眼，轻轻一笑："煮得烂熟的羊头，我只要。"

他得到了羊头，他耐心地对付那羊头。他把头骨缝中的肉丝都一点点剔出吃净。半夜，才用新的齿骨去锯窗棂，钻出牢房，踏上被夜露淋湿的大路。大路闪烁着天边曙色一样的灰白光芒，大路把他带到一个地方又一个地方。

那时，整个雪域西藏还没有锯子。阿古顿巴因为这次越狱发明了锯子，并在漫游的路上把这个发明传授给木匠和樵夫，锯子又在这些人手头渐渐完善，不但能对付小木头，也能对付大木头了。锯子后来甚至成为石匠、铜匠、金银匠的工具了。

这时，阿古顿巴的衣服变得破烂了，还染上了虱子。由于阳光、风、雨水和尘土，衣服上的颜色也褪败了。他的面容更为消瘦。

阿古顿巴成为一个穷人，一个自由自在的人。

在一个小王国，他以自己的智慧使国王受到了惩罚，他还以自己的智慧杀死了一个不遵戒律、大逆不道的喇嘛，这些都是百姓想做而不敢做的。所以，阿古顿巴智慧和正义的声名传布到遥远的地方。人们甚至还知道他以一口锅换得一个贪婪而又吝啬的商人的全部钱财加上宝马的全部细节，甚至比阿古顿巴自己事后能够回忆起来的还要清楚。人们都说那个受骗的商人在拉萨又追上了阿古顿巴。这时，阿古顿巴在寺庙前的广场上手扶高高的旗杆。旗杆直指蓝空，蓝空深处的白云飘动。阿古顿巴要商人顺着旗杆向天上望，飘动的白云下旗杆仿佛正慢慢倾倒。阿古顿巴说他愿意归还商人的全部财物，但寺庙里的喇嘛要他扶着旗杆，不让它倒地。商人说：只要能找回财物，他愿意替阿古顿巴扶着这根旗杆。

阿古顿巴离开了，把那商人的全部钱财散给贫苦百姓，又踏上了漫游的道路。

那个商人却扶着那根稳固的旗杆等阿古顿巴带上他的钱财回来。

他流浪到一个叫做"机"的地区时，他的故事已先期抵达。

人们告诉他："那个奸诈但又愚蠢的商人已经死在那根旗杆下了。"

他说："我就是阿古顿巴。"

人们看着这个状貌滑稽、形容枯槁的人说："你不是。"

他们还说阿古顿巴应有国王一样的雍容，神仙一样的风姿，而不该是一副乞丐般的样子。他们还说他们正在等待阿古顿巴。这些人是一群在部落战争中失败而被放逐的流民，离开了赖以活命的草原和牛群难以为生。这些人住在一个被瘟疫毁灭的村落里，面对大片肥沃的正被林莽吞噬的荒地在太阳下捕捉身上的虱子。他们说部落里已经有人梦见了阿古顿巴要来拯救他们。

阿古顿巴摇头叹息，他喜欢上了其中的一个美貌而又忧郁的女子。

"我就是你们盼望的阿古顿巴。"

始终沉默不语的女子说："你不是的。"

她是部落首领的女儿。她的父亲不复有以往的雄健与威风，只是静待死亡来临。

"我确实是阿古顿巴。"

他固执地说。

"不。"那女子缓缓摇头，"阿古顿巴是领主的儿子。"她用忧郁的眼光远望企盼救星出现的那个方向。她的语调凄楚动人，说相信一旦阿古顿巴来到这里就会爱上自己，就会拯救自己的部落，叫人吃上许久都未沾口的酥油，吃上煮熟的畜肉。

"我会叫你得到的。"

阿古顿巴让她沉溺于美丽的幻想中，自己向荒野出发去寻找酥油和煮肉的铜锅。他在路旁长满野白杨和暗绿色树丛的大路上行走了两天。中午，他的面前出现了岔路。阿古顿巴在路口犹豫起来。他知道一条通向自由、无拘束无责任的自由，而另一条将带来责任和没有希望的爱情。正在路口徘徊不定的阿古顿巴突然看见两只画眉飞来。鸟儿叽叽喳喳，他仔细谛听，竟然听懂了鸟儿的语言。

一只画眉说那个瞎眼老太婆就要饿死了。

另一只画眉说因为她儿子猎虎时死了。

阿古顿巴知道自己将要失去一些自由了，听着良心的召唤而失去自由。

他向鸟儿询问那个老太婆在什么地方。画眉告诉他在山岭下的第三块巨大岩石上等待儿子归来。说完两只画眉快乐地飞走了。

以后，在好几个有岔道的地方，他都选择了叫自己感到忧虑和沉重的道路。最后，他终于从岭上望见山谷中一所孤零零的断了炊烟的小屋。小屋被树丛包围掩映，轮廓模糊。小屋往前，一块卧牛般突兀的岩石上有个老人佝偻的身影。虽然隔得很远，但那个孤苦的老妇人的形象在他眼前变得十分清晰，这个形象是他目睹过的许多贫贱妇人形象的组合，这个组合而成的形象像一柄刀子刺中了他胸口里某个疼痛难忍的地方。在迎面而来的松风中，他的眼泪流了下来。

他听见自己叫道："妈妈。"

阿古顿巴知道自己被多次纠缠的世俗感情缠绕住了，而他离开庄园四处漫游可不是为了这些东西。又有两只画眉在他眼前飞来飞去，啁啾不已。

他问："你们要对我说些什么？"

"喳！喳喳！"雄鸟叫道。

"叽。叽叽。"雌鸟叫道。

阿古顿巴却听不懂鸟的语言了。他双手捧着脑袋蹲在地上哭了起来，后来哭声变成了笑声。

从大路的另一头走来五个年轻僧人，他们站住，好奇地问他是在哭泣还是在欢笑。

阿古顿巴站起来，说："阿古顿巴在欢笑。"果然，他的脸干干净净的不见一点泪痕。年轻的和尚们不再理会他，坐下来歇脚打尖了。他们各自拿出最后的一个麦面馍馍。阿古顿巴请求分给他一点。

他们说："那就是六个人了。六个人怎么分三个馍馍？"

阿古顿巴说："我要的不多，每人分给我一半就行了。"

几个和尚欣然应允，并夸他是一个公正的人，这些僧人还说要是寺里的总管也这样公正就好了。阿古顿巴吃掉半个馍馍。这时风转了向，他怀揣着两个馍馍走下了山岭，并找到了那块石头。那是一块冰川留下的碛石，石头上面深刻而光滑的擦痕叫他想起某种非人亦非神的巨大力量。那个老妇人的哭声打断了他的遐想。

他十分清楚地感到这个哭声像少女一样美妙悲切的瞎眼老妇人已不是她自己本身，而是他命运中的一部分了。

她说："儿子。"

她的手在阿古顿巴脸上尽情抚摸。那双抖索不已的手渐渐向下，摸到了他揣在怀中的馍馍。

"馍馍吗？"她贪馋地问。

"馍馍。"

"给我，儿子，我饿。"

老妇人用女王般庄严的语调说。她接过馍馍就坐在地上狼吞虎咽起来，馍馍从嘴巴中间进去，又从两边嘴角漏出许多碎块。这形象叫阿古顿巴感到厌恶和害怕，想趁瞎老太婆饕餮之时，转身离去。恰在这个时候，他听见晴空中一声霹雳，接着一团火球降下来，烧毁了老妇人栖身的小屋。

阿古顿巴刚抬起的腿又放下了。

吃完馍馍的瞎老太婆仰起脸来，说："儿子，带我回家吧。"她伸出双手，揽住阿古顿巴细长的脖子，伏到了他背上。阿古顿巴仰望一下天空中无羁的流云，然后，一弓身把老妇人背起来，面朝下面的大地迈开沉重的步伐。

老妇人又问："你是我儿子吗？"

阿古顿巴没有回答。

他又想起了那个高傲而美丽的部落首领的女儿。他说："她更要不相信我了，不相信我是阿古顿巴了。"

"谁？阿古顿巴是一个人吗？"

"是我。"

适宜播种的季节很快来临了。

阿古顿巴身上已经失去了以往那种诗人般悠然自得的情调。他像只饿狗一样四处奔窜，为了天赐给他的永远都处于饥饿状态中的瞎眼妈妈。

他仍然和那个看不到前途的部落生活在一起。

部落首领的女儿对他说："你，怎么不说你是阿古顿巴了？阿古顿巴出身名门。"说着，她仰起漂亮的脸，眼里闪烁迷人的光芒，语气也变得像梦呓一般了："……他肯定是英俊聪敏的王子模样。"

真正的阿古顿巴形销骨立，垂手站在她面前，脸上的表情幸福无比。

"去吧，"美丽姑娘冷冷地说，"去给你下贱的母亲挖几颗觉玛吧。"

"是，小姐。"

"去吧。"

就在这天，阿古顿巴看见土中的草根上冒出了肥胖的嫩芽，他突然想出了拯救这个部落的办法。他立即回去找到首领的女儿，说："我刚挖到一个宝贝，可它又从土里遁走了。"

"把宝贝找回来，献给我。"

"一个人找不回来。"

"全部落的人都跟你去找。"

阿古顿巴首先指挥这些人往荒地挖掘。这些以往曾有过近千年耕作历史的荒地十分容易开掘，那些黑色的疏松的泥巴散发出醉人的气息。他们当然没有翻掘到并不存在的宝贝，阿古顿巴看新垦的土地已经足够宽广了，就说："兴许宝贝钻进更深的地方去了。"

人们又往深里挖掘。正当人们诅咒、埋怨自己竟听了一个疯子的指使时，他们挖出了清洁温润的泉水。

"既然宝贝已经远走高飞，不愿意亲近小姐，那个阿古顿巴还不到来，就让我们在地里种上青稞，浇灌井水吧。"

秋天到来的时候，人们彻底摆脱了饥饿。不过三年，这个濒于灭绝的游牧部落重新变成强大的农耕部落。部落首领成为领主，他美貌骄傲的女儿在新建的庄园中过上了尊贵荣耀的生活。阿古顿巴和老妇人依然居住在低矮的土屋里。

一天，老妇人又用少女般美妙动听的声音说："儿子，茶里怎么没有牛奶和酥油，盘子里怎么没有肉干与奶酪呀？"

"母亲，那是领主才能享用的呀。"

"我老了，我要死了。"老妇人的口气十分专横，而且充满怨愤，"我要吃那些东西。"

"母亲……"

"不要叫我母亲，既然你不能叫我过上那样的好生活。"

"母亲……"

"你这个没出息的东西想说什么？"

"我不想过这种日子了。"

"那你，"老妇人的声音又变得柔媚了，"那你就叫我过上舒心的日子吧，领主一样的日子。"

"蠢猪一样的日子吗？"

阿古顿巴又听到自己声音中讥讽的味道，调侃的味道。

"我要死了，我真是可怜。"

"你就死吧。"

阿古顿巴突然用以前弃家漫游前对垂亡的父亲说话的那种冷峻的腔调说。

说完，他在老妇人凄楚的哭声中跨出家门，他还是打算替可怜的母亲去乞讨一点好吃的东西。斜阳西下，他看见自己瘦长的身影先于自己的脚步向前无声无息地滑行，看到破烂的衣衫的碎片在身上像鸟羽一样凌风飞扬，看到自己那可笑的尖削脑袋的影子上了庄园高大的门楼。这时，他听见一派笙歌之声，看见院子里拴满了配着各式贵重鞍具的马匹。

也许领主要死了。他想。

人家却告诉他是领主女儿的婚礼。

"哪个女儿？"他问，口气恍恍惚惚。

"领主只有一个女儿。"

"她是嫁给阿古顿巴吗？"

"不。"

"她不等阿古顿巴了吗？"

"不等了。她说阿古顿巴是不存在的。"

领主的女儿嫁给了原先战胜并驱赶了他们部落的那个部落

的首领，以避免两个部落间再起事端。这天，人不分贵贱都受到了很好的招待。阿古顿巴喝足了酒，昏沉中又揣上许多油炸的糕点和奶酪。

推开矮小土屋沉重的木门时，一方月光跟了进来。他说：

"出去吧，月亮。"

月光就停留在原来的地方了。

"我找到好吃的东西了，母亲。"

可是，瞎老太婆已经死了。那双什么都看不见的眼睛睁得很大。临死前，她还略略梳洗了一番。

黎明时分，阿古顿巴又踏上了浪游的征途。翻过一座长满白桦的山冈，那个因他的智慧而建立起来的庄园就从眼里消失了，清凉的露水使他脚步敏捷起来了。

月亮钻进一片薄云。

"来吧，月亮。"阿古顿巴说。

月亮钻出云团，跟上了他的步伐。

月光下的银匠

在故乡河谷，每当满月升起，人们就说："听，银匠又在工作了。"

满月慢慢地升上天空，朦胧的光芒使河谷更加空旷，周围的一切都变得模糊而又遥远。这时，你就听吧，月光里，或是月亮上就传来了银匠锻打银子的声音：叮咣！叮咣！叮叮咣咣！于是，人们就忍不住要抬头仰望月亮。

人们说："听哪，银匠又在工作了。"

银匠的父亲是个钉马掌的。真正说来，那个时代社会还没有这么细致的分工，那个人以此出名也不过是说这就是他的长处罢了——他真实的身份是洛可土司的家奴，有信送时到处送信，没信送时就喂马。有一次送信，路上看到个冻死的铁匠，他就把套家什捡来，在马棚旁边砌一座泥炉，叮叮咣咣地修理那些废弃的马掌。过一段时间，他又在路上捡来一个小孩。那孩子的一双眼睛叫他喜欢，于是，他就把这孩子背了回来，对土司说："叫这个娃娃做我的儿子、你的小家奴吧。"

土司哈哈一笑说："你是说我又有了一头小牲口？你肯定不会白费我的粮食吗？"

老家奴说不会的。土司就说："那么好吧，就把你钉马掌的手艺教给他，我要有一个专门钉马掌的奴才。"正是因为这样，这个孩子才没有给丢在荒野里喂了饿狗和野狼。这个孩子就站在铁匠的炉子边上一天天长大了。那双眼睛可以把炉火分出九九八十一种颜色，那双小手一拿起锤子，就知道将要炮制的那些铁的冷热。见过的人都夸他会成为天下最好的铁匠，他却总是把那小脑袋从抚摸他的那些手下挣脱出来。他的双眼总是盯着白云飘浮不定的天边。因为养父总是带着他到处送信，少年人已经十分喜欢漫游的生活了。这么些年来，山间河谷的道路使他的脚力日益强壮，和土司辖地里许多人比较起来，他已经是见多识广的人了。许多人他们终生连一个寨子都没有走出去过，可他不但走遍了洛可土司治下的山山水水，还几次到过土司的辖地之外呢。

有一天，父亲对他说："我死了以后，你就用不着这么辛苦，只要专门为老爷收拾好马掌就行了。"

少年人就别开了脸去看天上的云，悠悠地飘到了别的方向。他的嘴上已经有了浅浅的胡须，已经到了有自己想法，而且看着老年人都有点嫌他们麻烦的年纪了。父亲说:"你不要太心高,土司叫你专钉他的马掌已经是大发慈悲了,他是看你聪明才这样的。"

他又去望树上的鸟。其实,他也没有非干什么,非不干什么的那种想法。他之所以这样,可能是因为对未来有了一点点预感。现在,他问父亲:"我叫什么名字呢,我连个名字都没有。"

当父亲的叹口气,说:"是啊,我想有一天有人会来告诉我你叫什么名字,那他们就是你的父母,我就叫他们把你带走,可是他们没有来。让佛祖保佑他们,他们可能已经早我们上天去了。"当父亲的叹口气,说:"我想你是那种不甘心做奴隶的人,你有一颗骄傲的心。"

年轻人叹了口气说:"你还是给我取个名字吧。"

"土司会给你取一个名字的。我死了以后,你就会有一个名字,你就真正是他的人了。"

"可我现在就想知道自己是谁。"于是,父亲就带着他去见土司。土司是所有土司里最有学问的一个,他们去时,他正手拿一匣书,坐在太阳底下一页页翻动不休呢。土司看的是一本用以丰富词汇的书,这书是说一个东西除了叫这个名字之外,还可以有些什么样的叫法。这是一个晴朗的下午,太阳即将下山,东方已经现出了一轮新月淡淡的面容。口语中,人们把它叫做"泽那",但土司指一指那月亮说:"知道它叫什么名字吗？"

当父亲的用手肘碰碰捡来的儿子，那小子就伸长颈子说："泽那。"

土司就笑了，说："我知道你会这样说的，这书里可有好多种名字来叫这种东西。"

当父亲的就说："这小子他等不及我死了，请土司赐你的奴隶一个名字吧。"土司看看那个小子，问："你已经懂得马掌上的全部学问了吗？"那小子想，马掌上会有多大的学问呢，但他还是说："是的，我已经懂得了。"土司又看看他说："你长得这么漂亮，女人们会想要你的。但你的内心里太骄傲了，我想不是因为你知道自己有一张漂亮的脸吧。你还没有学到养父身上最好的东西，那就是作为一个奴隶永远不要骄傲。但我今天高兴，你就叫天上有太阳它就发不出光来的东西，你就叫达泽，就是月亮，就是美如月亮。"当时的土司只是因为那时月亮恰好在天上现出一轮淡淡的影子，恰好手上那本有关事物异名的书里有好几个月亮的名字。如果说还有什么的话，就是土司看见修马掌的人有一张漂亮而有些骄傲的面孔而心里有些隐隐的不快，就想，即使你像月亮一样那我也是太阳，一下就把你的光辉给掩住了。

那时，土司那无比聪明的脑袋没有想到，太阳不在时，月亮就要大放光华。那个已经叫做达泽的人也没有想到月亮会和自己的命运有什么关系，和父亲磕了头，就退下去了。从此，土司出巡，他就带着一些新马掌，跟在后面随时替换。那声音那时就在早晚的宁静里回荡了：叮咣！叮咣！每到一个地方那声音就会进入一些姑娘的心房。土司说："好好钉吧，有一天，钉马掌就不是一个奴隶的职业，而是我们这里一个小官的职衔了。至少，也是一个自由民的身份，就像那些银匠一样。我来钉马掌，都要付钱给你了。"

这之后没有多久，达泽的养父就死了。也是在这之后没有多久，一个银匠的女儿就喜欢上了这个钉马掌的年轻人。银匠的作坊就在土司高大的官寨外面。达泽从作坊门前经过时，那姑娘就倚在门框上。她不请他喝一口热茶，也不暗示他什么，只是懒洋洋地说："达泽啦，你看今天会不会下雨啊。"或者就说："达泽啦，你的靴子有点破了呀。"那个年轻人就骄傲地想：这小母马学着对人尥蹄子了呢。口里却还是说：是啊，会不会下雨呢。是啊，靴子有点破了呢。

终于有一天，他就走到银匠作坊里去了。

老银匠摘下眼镜看看他，又把眼镜戴上看看他。那眼镜是水晶石的，看起来给人深不见底的感觉。达泽说："我来看看银器是怎么做出来的。"老银匠就埋下头在案台上工作了。那声音和他钉马掌也差不多：叮咣！叮咣！下一次，他再去，就说："我来听听敲打银子的声音吧。"老银匠说："那你自己在这里敲几锤子，听听声音吧。"但当银匠把一个漂亮的盘子推到他面前时，他竟然不知自己敢不敢下手了，那月轮一样的银盘上已经雕出了一朵灿烂的花朵。只是那双银匠的手不仅又脏又黑，那些指头也像久旱的树枝一样，枯萎蜷曲了。而达泽那双手却那么灵活修长，于是，他拿起了银匠樱桃木把的小小锤子，向着他以为花纹还须加深的地方敲打下去。那声音铮铮地竟那样悦耳。那天，临走时，老银匠才开口说："没事时你来看看，说不定你会对我的手艺有兴趣的。"

第二次去，他就说："你是该学银匠的，你是做银匠的天才，天才的意思就是上天生你下来就是做这个的。"

老银匠还把这话对土司讲了。土司说："那么，你又算是什么呢？"

"和将来的他相比，那我只配做一个铁匠。"

土司说："可是只有自由民才能做银匠，那是一门高贵的手艺。"

"请你赐给他自由之身。"

"目前他还没有特别的贡献，我们有我们的规矩不是吗？"老银匠叹了口气，向土司说："我的一生都献给你了，就把这点算在他的账上吧。那时，你的子民，我的女婿，他卓绝的手艺传向四面八方，整个雪山栅栏里的地方都会在传扬他的手艺的同时，念叨你的英名。"

"可是那又有什么意思呢？"

老土司这样一说，达泽感到深深绝望。不是因为别的，就是因为土司说得太有道理了。一个远远流布的名字和一个不为人知的名字的区别又在哪里，有名和无名的区别又在哪里呢？达泽的内心让声名的渴望燃烧，同时也感到声名的虚妄。于是，他说："声名是没有意义的，自由与不自由也没有多大的关系，老银匠你不必请求了，让我回去做我的奴隶吧！"

土司就对老银匠说："自由是我们的诱惑，骄傲是我们的敌人，你推荐的年轻人能战胜一样是因为不能战胜另外一样，我要遂了他的心愿。"土司这才看着达泽说："到炉子上给自己打一把弯刀和一把锄头，和奴隶们在一起吧。"

走出土司那雄伟官寨的大门，老银匠就说："你不要再到我的作坊里来了，你的这辈子不会顺当，你会叫所有爱你的人伤心的。"说完，老银匠就头也不回地走了。留下一地白花花的阳光在他的面前，他知道那是自己的泪光。他知道骄傲给自己带来了什么。他把铁匠炉子打开，给自己打弯刀和锄头。只有这时，他才知道自己失去了什么，他才知道自己是十分想做一个银匠的，泪水就哗哗地流下来了。他叫了一声："阿爸啦！"顺河而起的风掠过屋顶，把他的哭声撕碎，扬散了。他之所以没有在这个晚上立即潜逃，仅仅是因为还想看银匠的女儿一眼。天一亮，他就去了银匠铺子的门口，那女子下巴颏夹一把铜瓢在那里洗脸。她一看见他，就把那瓢里的水扬在地上，回屋去了。期望中的最后一扇门也就因为自己一时糊涂，一句骄傲的话而在眼前关闭了。达泽把那新打成的弯刀和锄头放到官寨大门口，转身走上了他新的道路。他看见太阳从面前升起来了，露水在树叶上闪烁着耀眼的光芒。风把他破烂的衣襟高高掀起，他感到骄傲又回到了心间。他甚至想唱几句什么，同时想起自己从小长到现在，从来就没有开口歌唱过。即或如此，他还是感到了生活与生命的意义。出走之时的达泽甚至没有想到土司的家规，所以，也就不知道背后已经叫枪口给咬住了。他迈开一双长腿大步往前，根本就不像是一个奴隶逃亡的样子。管家下令开枪，老土司带着少土司走来说："慢！"

管家就说："果然像土司你说的那样，这个家伙，你的粮食喂大的狗东西就要跑了！"

土司就眯缝起双眼打量那个远去的背影，他问自己的儿子："这个人是在逃跑吗？"

十一二岁的少土司说："他要去找什么？"

土司说："儿子记住，这个人去找他要的东西去了，总有一天他会回来的。如果那时我不在了，你们要好好待他。我不行，我比他那颗心还要骄傲。"管家说："这样的人是不会为土司家增加什么光彩的，开枪吧！"但土司坚定地阻止了。老银匠也赶来央求土司开枪："打死他，求求你打死他，不然，他会成为一个了不起的银匠的。"土司说："那不正是你所希望的吗？"

"但他不是我的徒弟了呀！"

土司哈哈大笑。于是，人们也就只好呆呆地看着那个不像逃亡的人，离开了土司的辖地。土司的辖地之外该是一个多么广大的地方啊！那样辽远天空下的收获该是多么丰富而又艰难啊！土司对他的儿子说："你要记住今天这个日子。如果这个人没有死在远方的路上，总有一天他会回来的。回来一个声名远扬的银匠，一个骄傲的银匠！你们这些人都要记住这一天，记住那个人回来时告诉他，老土司在他走时就知道他一定会回来。我最后说一句，那时你们要允许那个人表现他的骄傲，如果他真正成了一个了不起的银匠。因为我害怕自己是等不到那一天的到来了。"

小小年纪的少土司突然说："不是那样的话，你怎么会说那样的话呢？"

老土司又哈哈大笑了："我的儿子，你是配做一个土司的！你是一个聪明的家伙！只是，你的心胸一定要比这个出走的人双脚所能到达的地方还要宽广。"

事情果然就像老土司所预言的那样。

多年以后，在广大的雪山栅栏所环绕的地方，到处都在传说一个前所未有的银匠的名字。土司已经很老了，他喃喃地说："那个名字是我起的呀！"而那个人在很远的地方替一个家族加工族徽，或者替某个活佛打制宝座和法器。土司却一天天老下去了，而他浑浊的双眼却总是望着那条通向西藏的驿道。冬天，那道路是多么寂寞呀，雪山在红红的太阳下闪着寒光。少土司知道，父亲是因为不能容忍一个奴隶的骄傲，不给他自由之身，才把他逼上了流浪的道路。现在，他却要把自己装扮成一个用非常手段助人成长的人物了。于是，少土司就说："我们都知道，不是你的话，那个人不会有眼下的成就的。但那个人他不知道，他在记恨你呢，他只叫你不断听到他的名字，但不要你看见他的人，他是想把你活活气死呢！"

老土司挣扎着说："不，不会的，他是一个聪明的孩子，他的名字是我给起下的。他一定会回来看我的，会回来给我们家做出最精致的银器的。"

"你是非等他回来不可吗？"

"我一定要等他回来。"

少土司立即分头派出许多家奴往所有传来了银匠消息的地方出发去寻找银匠，但是银匠并不肯奉命回来。人家告诉他老土司要死了，要见他一面。他说，人人都会死的，我也会死，等我做出了我自己满意的作品，我就会回去了，就是死我也要回去的。他说，我知道我欠了土司一条命的。去的人告诉他，土司还盼着他去造出最好的银器呢。他说，我欠他们的银器吗？我不欠他们的银器。他们的粗糙食品把我养大。我走的时候，他们可以打死我的，但我背后一枪没响，土司家养得有不止一个在背后向人开枪的好手。所以，银匠说，我知道我的声名远扬，但我也知道自己这条命是从哪里来的，等我造出了最好的银器，我就会回去的。这个人扬一扬他的头，脸上浮现出骄傲的神情。那头颅下半部宽平，一到双眼附近就变得逼窄了，挤得一双眼睛鼓突出来，天生就是一副对人生愤愤不平的样子。这段时间，达泽正在给一个活佛干活。做完一件，活佛又拿出些银子，叫他再做一件，这样差不多有一年时间了。一天，活佛又拿出了更多的银子，银匠终于说，不，活佛，我不能再做了，我要走了，我的老主人要死了，他在等我回去呢。活佛说，那个叫你心神不定的人已经死了。我知道你是怎么想的，你是想在这里做出一件叫人称绝的东西，你就回去和那个人一起了断了。你不要说话，你是一个伟大的艺术家，但好多艺术家因为自己心灵的骄傲而不能伟大。我看你也是如此，好在那个叫你心神不定的人已经死了。银匠觉得自己的五脏六腑都叫这个人给看穿了，他问，你怎么知道土司已经死了，那你知道他叫什么名字吗？

活佛笑了，来，我叫你看一看别人不能看见的东西。我说过，你不是普通人，而是一个艺术家。

在个人修炼的密室里，活佛从神像前请下一碗净水，念动经咒，用一支孔雀翎毛一拂，净水里就出现图像了。他果然看见一个人手里握上了宝珠，然后，脸叫一块黄绸盖上了。他还想仔细看看那人是不是老土司，但碗里陡起水波，就什么也看不见了。

银匠听见自己突然在这寂静的地方发出了声音，像哭，也像是笑。

活佛说:"好了,你的心病应该去了。现在,你可以丢心落肚地干活,把你最好的作品留在我这里了。"活佛又凑近他耳边说:"记住,我说过你是一个伟大的艺术家。"也许是因为这房间过于密闭而且又过于寂静的缘故吧,银匠感到,活佛的声音震得自己的耳朵嗡嗡作响。

他又在那里做了许多时候,仍做不出来希望中的那种东西,活佛十分失望地叫他开路了。

面前的大路一条往东,一条向西。银匠在歧路上徘徊。往东,是土司辖地,自己生命开始的地方,可是自己欠下一条性命的老土司已经死了,少土司是无权要自己性命的。往西,是雪域更深远的地方,再向西,是更加神圣的佛法所来的克什米尔,一去,这一生恐怕就难于回到这东边来了。他就在路口坐了三天,没有看到一个行人,终于等来个人却是乞丐。那家伙看一看他说:"我并不指望从你那里得到一口吃食。"

银匠就说:"我也没有指望从你那里得到什么。不过,我可以给你一锭银子。"

那人说:"你那些火里长出来的东西我是不要的,我要的是从土里长出来的东西哩。"那人又说:"你看我从哪条路上走能找到吃食?再不吃东西我就要饿死,饿死的人是要下地狱的。"那人坐在路口祷告一番,脱下一只靴子,抛到天上落下来,就往靴头所指的方向去了。银匠一下子觉得自己非常饥饿。于是，他也学着乞丐的办法，脱下一只靴子，让它来指示方向。靴头朝向了他不情愿的东方，他知道自己这一去多半不会有什么好结果，就深深地叹口气，往命运指示的东方去了。他迈开大步往前，摆动的双手突然一阵阵发烫。他就说，手啊，你不要责怪我，我知道你还没有做出你想要做的东西，可我知道人家想要我的脑袋，下辈子，你再长到我身上吧。这时，一座雪山耸立在面前，银匠又说，我不会叫你受伤的，你到我怀里去吧，这样，你冻不坏，下辈子我们相逢时，你也是好好的。脚下的路越来越难走，那双手却在怀里安静下来了。

又过了许多日子，终于走到了土司的辖地。银匠就请每一个碰到的人捎话，叫他们告诉新土司，那个当年因为不能做银匠而逃亡的人回来了。他愿意在通向土司官寨的路上任何一个地方死去。如果可以选择死法，那他不愿意挨黑枪，他是有名气的，所以，他要体面的，像所有有名声的人都要的那样。少土司听了，笑笑说："告诉他，我们不要他的性命，只要他的手艺和名声。"

这话很快就传到了银匠的耳朵里。但他一回到这块土地上就变得那么骄傲，嘴上还是说，我为什么要给他家打造银器呢。谁都知道他是因为土司不叫他学习银匠的学艺才愤而逃亡的。土司没有打死他，他自然就欠下了土司的什么。现在他回来了，成了一个声名远扬的银匠。现在，他回来还债来了。欠下一条命，就还一条命，不用他的手艺作为抵押。人们都说，以前那个钉马掌的娃娃是个男子汉呢。银匠也感到自己是一个英雄了,他是一个慷慨赴死的英雄,他骄傲的头就高高地抬了起来。每到一个地方,人们也都把他当成个了不起的人物,为他奉上最好的食物。这天,在路上过夜时,人们为他准备了姑娘,他也欣然接受了。事后,那姑娘问他,听说你是不喜欢女人的。他说是的,他现在这样也无非是因为自己活不长了,所以,任何一个女人都伤害不了他了。那姑娘就告诉他说,那个伤害了他的女人已经死了。银匠就深深地叹了口气。那姑娘也叹了口气说,你为什么不早点回来呢,你早点回来的话我就还是个处女,你就是我的第一个男人。这话叫银匠有些心痛。他问,谁是你的第一个。姑娘就咯咯地笑了,说,像我这样漂亮的女子,在这块土地上,除了少土司,还有谁能轻易得到呢。不信的话,你在别的女人那里也可以证明。这句话叫他一夜没有睡好。从此,他向路上碰到的每一个有姿色的女人求欢。直到望见土司那雄伟官寨的地方,也没有碰上一个少土司没有享用过的女子。现在,他对那个少年时代的游戏里曾经把他当马骑过的人已经是满腔仇恨了。

　　他在心里暗暗发誓,绝不为这家土司做一件银器,就是死也不做。他伸出双手说,手啊,没有人我可以辜负,就让我辜负你吧。于是,就甩开一双长腿迎风走下了山冈。

　　少土司这一天正在筹划他作为新的统治者,要做些什么有别于老土司的事情。他说,当初,那个天生就是银匠的人要求一个自由民的身份,就该给他。他对管家说,死守着老规矩是不行的。以后,对这样有天分的人,都可以向我提出请求。管家笑笑说,这样的人,好几百年才出一个呢。岗楼上守望的人就在这时进来报告,银匠到了。少土司就领着管家、妻妾、下人好大一群登上平台,只见那人甩手甩脚地下了山冈正往这里走来。到了楼下,那紧闭的大门前,他只好站住了。太阳正在西下,他就被高高在上的那一群人的身影笼罩住了。

他只好仰起脸来大声说:"少爷,我回来了!"

管家说:"你在外游历多年,阅历没有告诉你现在该改口叫老爷了吗?"

银匠说:"正因为如此,我知道自己欠着土司家一条命,我来归还了。"

少土司挥挥手说:"好啊,你以前欠我父亲的,到我这里就一笔勾销了。"

少土司又大声说:"我的话说在这亮晃晃的太阳底下,你从今天起就是真正的一个自由民了!"

寨门在他面前隆隆地打开。少土司说:"银匠,请进来!"银匠就进去站在了院子中间,满地光洁的石板明晃晃地刺得他睁不开双眼,他只听到少土司踩着鸽子一样咕咕叫的皮靴到了他的面前。少土司说,你尽管随便走动好了,地上是石头不是银子,就是一地银子你也不要怕下脚呀!银匠就说,世上哪会有那么多的银子。少土司说,有很多世上并不缺少的东西有什么意思呢。你也不要提以前那些事情了。既然你这样的银匠几百年才出一个,我当然要找很多的银子来叫你施展才华。他又叹口气说:"本来,我当了这个土司觉得没意思透了。以前的那么多土司做了那么多的事情,叫我不知道再干什么才好。你一回来就好了,我就到处去找银子让你显示手艺,让我成为历史上打造银器最多的土司吧。"

银匠听见自己说:"你们家有足够的银子,我看你还是给我当学徒吧。"

管家上来就给了他一个嘴巴。

少土司却静静地说:"你刚一进我的领地就说你想死,可我历来喜欢有才华的人,才不跟你计较,莫不是你并没有什么手艺?"

一缕鲜血就从银匠达泽的口角流了下来。

少土司又说:"就算你是一个假银匠我也不会杀你的。"说完就上楼去了,少土司又大声说:"把我给银匠准备的宴席赏给下人们吧。"

骄傲的银匠就对着空荡荡的院子说,这侮辱不了我,我就是不给土司家打造什么东西。我要在这里为藏民打造出从未有过的精美的银器,我只要人们记得我达泽的名字就行了。银匠在一个岩洞里住了下来。第二天,太阳升起的时候,达泽已经带着他的银匠家什走在大路上了。他愿意为土司的属民们无偿地打造银器，但是人们都对他摊摊双手说，我们肯定想要有漂亮的银器，可我们确实没有银子。银匠带着绝望的心情找遍了这片土地上所有的人：奴隶，百姓，喇嘛，头人。他几乎是用哀求的口吻对那些人说，让我给你们打造一个世界上绝无仅有的银器吧。那些人都对他木然地摇头，那情形好像他们不但不知道这世界上有着精美绝伦的东西，而且连一点同情心都没有了似的。最后，他对人说，看看我这双手吧，难道它会糟蹋了你们的那些白银吗。可惜银匠手中没有银子，他先把这只更加修长的手画在泥地上，就匆匆忙忙跑到树林里去采集松脂。松脂是银匠们常用的一种东西，雕镂银器时作为衬底。现在，他要把手的图案先刻画在软软的松脂上。他找到了一块，正要往树上攀爬，就听见看山狗尖锐地叫了起来，接着一声枪响，那块新鲜的松脂就在眼前迸散了。银匠也从树上跌了下来，一支枪管冷冷地顶在了他的后脑上。他想土司终于下手了，一闭上眼睛，竟然就嗅到了那么多的花草的芬芳，而那银匠们必用的松脂的香味压过了所有的芬芳在林间飘荡。达泽这才知道自己不仅长了一双银匠的手，还长着一只银匠的鼻子呢。他甩下两颗大愿未了的眼泪，说，你们开枪吧。

守林人却说："天哪，是我们的银匠呀！我怎么会对你开枪呢。虽然你闯进了土司家的神树林，但土司都不肯杀你，我也不会杀你的。"银匠就禁不住倒吸了一口凉气，一时忘形又叫自己欠下了土司家一条性命。人说狗有三条命，猫有七条命，但银匠知道自己是不可能有两条性命的。神树也就是寄魂树和寄命树，伤害神树是一种人人诅咒的行为。银匠说："求求你，把我绑起来吧，把我带到土司那里去吧。"

守林人就把他绑起来，狗一样牵着到土司官寨去了。这是初春时节，正是春意绵绵使人倦怠的时候，官寨里上上下下的人都睡去了。守林人把他绑在一根柱子上就离开了，说等少土司醒了你自己通报吧，你把他家六世祖太太的寄魂树伤了。当守林人的身影消失在融融的春日中间，银匠突然嗅到高墙外传来了细细的苹果花香，这才警觉到又是一年春天了。想到他走过的那么多美丽的地方，那些叫人心旷神怡的景色，他想，达泽你是不该回到这个地方来的。回来是为了还土司一条性命，想不到一条没有还反倒又欠下了一条。守林人绑人是训练有素的，一个死扣结在脖子上，使他只能昂着头保持他平常那骄傲的姿势。银匠确实想在土司出现时表现得谦恭一些，但他一低头，舌头就给勒得从口里吐了出来，这样，他完全就是一条在骄阳下喘息的狗的样子了，这可不是他愿意的。于是，银匠的头又骄傲地昂了起来。他看到午睡后的人们起来了，在一层层楼面的回廊上穿行。人人都装做没有看见他给绑在那里的样子。下人们不断地在土司房中进进出出，银匠就知道土司其实已经知道自己给绑在这里了。为了压抑住心中的愤怒，他就去想，自己根据双手画在泥地上的那个徽记肯定已经晒干，而且叫风抹平了。少土司依然不肯露面。银匠求从面前走过的每一个人替他通报一声，那上面仍然没有反应。银匠就哭了，哭了之后，就开始高声叫骂，少土司依然不肯露面。银匠又哭，又骂。这下上上下下的人都说，这个人已经疯了。银匠也听到自己脑子里尖厉的声音在鸣叫，他也相信自己可能疯了。少土司就在这个时候出现在高高的楼上，问："你们这些人，把我们的银匠怎么了？"没有一个人回答。少土司又问："银匠你怎么了？"

银匠就说："我疯了。"

少土司说："我看你是有点疯了。你伤了我祖先的寄魂树，你看怎么办吧。"

"我知道这是死罪。"

"这是你又一次犯下死罪了，可你又没有两条性命。"

"……"

少土司就说："把这个疯子放了。"

果然就松绑，就赶他出门。他就拉住了门框大叫："我不是疯子，我是银匠！"

大门还是在他面前哐啷啷关上了，只有大门上包着门环的虎头对着他龇牙咧嘴。从此开始，人们都不再把他当成一个银匠。起初，人们不给银子叫他加工，完全是因为土司的命令。现在，人们是一致认为他不是个银匠了。土司一次又一次赦免了他，可他逢人就说："土司家门上那对银子虎头是多么难看啊！"

"那你就做一对好看的吧。"

可他却说:"我饿。"可人们给他的不再是好的吃食了。他就提醒人们说,我是银匠。人们就说,你不过是一个疯子。你跟命运作对,把自己弄成了一个疯子。而少土司却十分轻易就获得了好的名声,人们都说,看我们的土司是多么善良啊,新土司的胸怀是多么宽广。少土司则对他的手下人说,银匠以为做人有一双巧手就行了,他可能永远也不会知道做一个人还要有一个聪明的脑子。少土司说,这下他恐怕真的要成为一个疯子了,如果他知道其实是斗不过我的话。这时,月光里传来了银匠敲打白银的声音:叮咣!叮咣!叮咣!那声音是那么地动听,就像是在天上那轮满月里回荡一样。循声找去的人们发现他是在土司家门前那一对虎头上敲打。月光也照不进那个幽深的门洞,他却在那里叮叮咣咣地敲打。下人们拿了家伙就要冲上去,但都给少土司拦住了。少土司说:"你是向人们证明你不是疯子,而是一个好银匠吗?"

银匠也不出来答话。

少土司又说:"嗨!我叫人给你打个火把吧。"

银匠这才说:"你准备刀子吧,我马上就完,这最后几下,就那么几根胡须,不用你等多久。我只要人们相信我确实是一个银匠。当然我也疯了,不然怎么敢跟你们作对呢。"

少土司说:"我干什么要杀你,你不是知错了吗?你不是已经在为你的主子干活了吗?我还要叫人赏赐你呢。"

这一来，人们就有些弄不清楚，少土司和银匠哪个更有道理了，因为这两个人说的都有道理。但人们都感到了，这两个都很正确的人，还在拼命要证明自己是更加有道理的一方。这有什么必要呢？人们问，这有什么必要呢？证明了道理在自己手上又有什么好处呢？而且就更不要说这种证明方式是多么奇妙了。银匠干完活出来不是说，老爷，你付给我工钱吧。而是说，土司你可以杀掉我了。少土司说，因为你证明了你自己是一个银匠吗？不，我不会杀你的，我要你继续替我干活。银匠说，不，我不会替你干的。少土司就从下人手中拿过火把进门洞里去了。人们都看到，经过了银匠的修整，门上那一对虎头显得比往常生动多了，眼睛里有了光芒，胡须也似乎随着呼吸在颤抖。

少土司笑笑，摸摸自己的胡子说："你是一个银匠，但真的是一个最好的银匠吗？"

银匠就说："除去死了的，和那些还没有学习手艺的。"

少土司说："如果这一切得到证明，你就只想光彩地死去是吗？"

银匠就点了点头。

少土司说："好吧。"就带着一干人要离开了。银匠突然在背后说："你一个人怎么把那么多的女人都要过了。"

少土司也不回头，哈哈一笑说："你老去碰那些我用过的女人，说明你的运气不好，你就要倒霉了。"

银匠就对着围观的人群喊道:"我是一个疯子吗?不!我是一个银匠!人家说什么,你们就说什么,你们这些没有脑子的家伙。你们有多么可怜,你们自己是不知道的。"人们就对他说,趁你的脖子还顶着你的脑袋,你还是操心操心你自己。银匠又旁若无人地说了好多话,等他说完,才发现人们早已经走散了,面前只有一地微微动荡的月光,又冷又亮。

银匠想起少土司对他说,我会叫你证明你是不是一个最好的银匠的。回到山洞里去的路上,达泽碰到了一个姑娘,他就带着她到山洞里去了。这是一个来自牧场的姑娘,通体都是青草和牛奶的芳香。她说,你要了我吧,我知道你在找没人碰过的姑娘。其实那些姑娘也不都是土司要的,新土司没有老土司那么多学问,但也没有老土司那么好色。他叫那些姑娘那样说,都是存心气你的。银匠就对这个处女说,我爱你。我要给你做一副漂亮的耳环。姑娘说,你可是不要做得太漂亮,不然就不是我的,而是土司家的了。银匠就笑了起来,说,我还没有银子呢。姑娘就叹了口气,偎在他怀里睡了,银匠也睡着了。他做了一个梦,梦见自己给这姑娘打了一副耳环,正面是一枚美丽的树叶,上面有一颗盈盈欲坠的露珠,背面正好就是他想作为自己徽记的那个修长灵巧的手掌。醒来时,那副耳环的样子还在眼前停留了好一会儿。他叹了口气,身旁的姑娘平匀的呼吸中,依然是那些高山牧场上的花草的芬芳。又一个黎明来到了,曙色中传来了清脆的鸟鸣,银匠也不叫醒那姑娘就独自出门去了。他忽然想到，这副耳环就是他留在这世上最为精湛的东西了。要获得做这副耳环的银子，只有去求土司了。太阳升起时，他又来到了土司家门前，昨晚的小小改动确实使这大门又多了几分威严。太阳把他的身影拉得很长，他望着那是自己又不是自己的影子想，让我为这个姑娘去死，让我骗一骗土司吧。于是，他就大叫一声，在土司官寨的门口跪下了。

这回，很快就有人进去通报了。少土司站在平台上说，我就不下去接你了，你上来和我一起用早茶吧。

银匠抬头说，你拿些银子让我给你家干活吧。我想不做你家的奴才，我想错了，我始终是你家的奴才，这没有什么好说的。

少土司说，你果然还算是聪明人。你声称自己是最好的银匠，带了一个不好的头，如今，好多银匠都声称自己是天下最好的银匠了。这是你的罪过，但我有宽大的胸怀，我已经原谅你了，你从地上起来吧。

当他听说有那么多人都声称自己是最好的银匠时，心里就十分不快了。现在，仅仅就是为了证明那些人是一派谎言，他也会心甘情愿给土司干活了。他说，请土司发给我银子吧。

少土司却问，你说银匠最爱什么。

他说，当然是自己的双手。

少土司说，那个想收你做女婿，后来又恐惧我杀了你的老银匠怎么说是眼睛呢？

银匠就说，土司你昨晚看见了，好的银匠是不要眼睛也要双手的。

少土司就笑了，说，我记下了，如果你今后再犯什么，我就取你的眼睛，不要你的双手。

太阳朗朗地照着，银匠还是感到背上爬上了一股凛凛的寒气。他说，那时，土司你就赐我死好了。

少土司朗声大笑，说，我要留下你的双手给我干活呢。

银匠想，他不知要怎么地算计我，可他也不知道我是要匀他的银子替那姑娘做一副耳环呢。于是，又一次请求，给我一点活干吧，匠人的手不干活是会闲得难受的。

少土司说，你放宽心再玩些日子。我要组织一次银匠比赛，把所有号称自己是天下最好的银匠都招来，你看怎么样？银匠就很灿烂地笑了，银匠说，那就请你恩准我随便找点活干干，你不说话，谁也不敢拿活给我干啊。少土司说，一个土司难道不该这样吗？说句老实话，当年如果我是土司，你连逃跑的想头都不敢有。不过既然那些银匠都在干活，那么，你也可以去找活干了。不然，到时候赢了还好，若是你输了，会怪我不够公平呢。像个爱名声的人，我也很爱自己的名声呢。

银匠找到活干了，每样活计里面攒下一丁点银子。直到凑齐了一只耳环的银子时，那个牧场姑娘也没有露面。少土司则在紧锣密鼓地筹备银匠比赛，精致的帖子送到了四面八方。从西边来了三十个银匠，北边来了二十个银匠，南边那些有着世仇的地方，也来了十个银匠，从东边的汉地也来了十个银匠。据说，那广大汉地的官道上，还有好多银匠风尘仆仆地正在路上呢。银匠们住满了官寨里所有空着的房间。四村八寨的人们也都赶来了，官寨外边搭满了帐房。到了夜半，依然歌声不断。明天就要比赛了，一轮明月正在天上趋于圆满。银匠支好炉子，把工具一样样摆在月光下面。而且，他听见自己在唱歌！从小到大，他是从来没有唱过歌的。他想自己肯定是不会唱歌的，但喉咙自己歌唱起来了。银匠就唱着歌，开始替那个不知名字的姑娘做耳环了。太阳升起时耳环就做好了，果然就和梦中见到的一模一样。他说，可惜只有一只，不然我也用不着去比赛了。他想，哪个银匠不偷点银子呢？你说不偷也不会有人相信。早知如此，不要等到现在才动手，那还不是把什么想做的东西都做出来了。他把家什收拾好，把耳环揣在怀里，就往比赛的地方去了。

少土司把比赛场地设在官寨那宽大的天井里。银匠们围着天井坐成一圈，座下都铺上了暖和的兽皮。土司还破例把寨子向百姓们开放了，九层回廊上层层叠叠的净是人头。银匠达泽发现那个有着青草芳香的姑娘也在人群中间，就对她扬了扬手。姑娘指指外边的果园，银匠知道她是要他比赛完了在那里等她。银匠就摸了摸自己的耳朵。这时，少土司走到了他的面前，说，你要保重你自己，输了我就砍下你的双手，你说过你最爱你的双手。银匠立即就觉双手十分不安地又冷又热。但他还是自信地笑笑说，我不会输的。少土司又说，手艺人就是这样，毛病太多了，你可不要犯那些毛病，不然我同样不会放过你的。

少土司又问："记住了？"

银匠说："记住了。"

"我只是怕你到时候又忘了。"

少土司回到二楼他的座位上，挥挥手，一筐银元就哐啷啷从楼上倒到天井里了。

开初的几个项目，都是达泽胜了，少土司亲自下来给他挂上哈达。

夜晚也就很快到来了。银匠们用了和土司一样的食品：蜜酒，奶酪，熊肉和一碗燕麦粥。用完饭，少土司还和银匠们议论一阵各地的风俗。这时，月亮升起来了。又一筐银元从楼上倒了下去。少土司说："像玩一样，你们一人打一个月亮吧，看哪个的最大最亮。"

立时，满天的叮叮咣咣的声音就响了起来。很快，那些手下的银子月亮不够大也不够圆满的都住了手承认失败了。只有银匠达泽的越来越大，越来越圆，越来越亮，真正就像是又有一轮月亮升起来了一样。起先，银匠是在月亮的边上，举着锤子不断地敲打：叮咣！叮咣！叮咣！谁会想到一枚银元可以变成这样美丽的一轮月亮呢。夜渐渐深了，那轮月亮也越来越大，越来越晶莹灿烂了。后来银匠就站到那轮月亮上去了。他站在那轮银子的月亮中央去锻造那月亮。后来，每个人都觉得那轮月亮升到了自己面前了。他们都屏住了呼吸，要知道那已是多么轻盈的东西了啊！那月亮就悬在那里一动不动了。月亮理解人们的心意，不要在轻盈的飞升中带走他们伟大的银匠，这个从未有过的银匠。天上那轮月亮却渐渐西下，侧射的光芒使银匠的月亮发出了更加灿烂的光华。

人群中欢声骤起。

银匠在月亮上直了直腰，就从那上面走下来了。

有人大叫，你是神仙，你上天去吧！你不要下来！但银匠还是从月亮上走下来了。

银匠对着人群招了招手，就径直出了大门到外边去了。

少土司宣布说，银匠达泽获得了第一名。如果他没有别的不好的行为，那么，明天就举行颁奖大会。人们的欢呼声使官寨都轻轻摇晃起来。人们散去时，少土司说，看看吧，太多的美与仁慈会使这些人忘了自己的身份的。管家问，我们该把那银匠怎么办呢？少土司说，他成了老百姓心中的神仙，那就没有再活的道理了，这个人永远不知道适可而止。少土司发了一通议论，才吩咐说，跟着银匠，他自己定会触犯比赛时我们公布了的规矩的。管家说，要是抓不住把柄又怎么办呢？少土司说："你们把心放在肚子里。凡是自以为是的人，他们都会犯下过错的，因为他不会把别的什么放在眼里。"

银匠在果园里等到了那个牧场姑娘。她的周身有了更浓郁的花草的芬芳。银匠说:"你在今天晚上怀上我的儿子吧。"

姑娘说:"那他一定会特别漂亮。"

她不知道银匠的意思是说,也许,过了今天他就要死了,他要在这个世界上留下一个不信服命运的天才的种子。于是,他要了姑娘一次,又要了姑娘一次,最后在草地上躺了下来。这时,月亮已经下去了。他望着渐渐微弱的星光想,一个人一生可以达到的,自己在这一个晚上已经全部达到了,然后就睡着了。又一天的太阳升起来了,他拿出了那只耳环,交给姑娘说:"那轮月亮是我的悲伤,这只耳环是我的欢乐,你收起来吧。"

姑娘欢叫了一声。

银匠说:"要知道你那么喜欢,我就该下手重一点,做成一对了。"

姑娘就问:"都说银匠会偷银子,是真的?"

银匠就笑笑。

姑娘又问:"这只耳环的银子也是偷的?"

银匠说:"这是我唯一的一次。"

埋伏在暗处的人们就从周围冲了出来,他们欢呼抓到偷银子的贼了。银匠却平静地说:"我还以为你们要等到太阳再升高一点动手呢。"被带到少土司跟前时,他把这话又重复了一遍。少土司说:"这有什么要紧呢,太阳它自己会升高的,就是地上一个人也没有了,它也会自己升高的。"

银匠说:"有关系的,这地上一个人也没有了,没人可戏弄,你的日子就不好过了。"

少土司说:"天哪,你这个人还是个凡人嘛,比赛开始前我就把该告诉你的都告诉你了,为什么还要抱怨呢。再说偷点银子也不是死罪,如果偷了,砍掉那只偷东西的手不就完了吗?"

银匠一下就抱着手蹲在了地上。

按照土司的法律,一个人犯了偷窃罪,就砍去那只偷了东西的手。如果偷东西的人不认罪,就要架起一口油锅,叫他从锅里打捞起一样东西。据说,清白的手是不会被沸油烫伤的。

官寨前的广场上很快就架起了一口这样的油锅。

银匠也给架到广场上来了。那个牧场姑娘也架在他的身边。几个喇嘛煞有介事地对着那口锅念了咒语,锅里的油就十分欢快地沸腾起来。有人上来从那姑娘耳朵上扯下了那一只耳环,扔到油锅里去了。少土司说,银匠昨天沾了女人,还是让喇嘛给他的手念念咒语,这样才公平。银匠就给架到锅前了。人们看到他的手伸到油锅里去了。广场上立即充满了一股奇怪的味道。银匠把那只耳环捞出来了。但他那只灵巧的手却变成了黑色,肉就丝丝缕缕地和骨头分开了。少土司说,我也不惩罚这个人了,有懂医道的人给他医手吧。但银匠对着沉默的人群摇了摇头,就穿过人群走出了广场。他用那只好手举着那只伤手,一步步往前走着,那手也越举越高,最后,他几乎是在踮着脚尖行走了。人们才想起银匠他忍受着的是多么巨大的痛苦。这时,银匠已经走到河上那道桥上了。他回过身来看了看沉默的人群,纵身一跃,他那修长的身子就永远从这片土地上消失了。

那个牧场姑娘大叫一声昏倒在地上。

少土司说:"大家看见了,这个人太骄傲,他自己死了。我是不要他去死的,可他自己去死了。你们看见了吗?!"

沉默的人群更加沉默了。少土司又说:"本来罪犯的女人也就是罪犯,但我连她也饶恕了!"

少土司还说了很多,但人们不等他讲完就默默地散开了,把一个故事带到他们各自所来的地方。后来,少土司就给人干掉了,到举行葬礼时也没有找到双手。那时,银匠留下的儿子才一岁多一点。后来流传的银匠的故事,都不说他的死亡,而只是说他坐着自己锻造出来的月亮升到天上去了。每到满月之夜,人们就说,听啊,我们的银匠又在干活了。果然,就有美妙无比的敲击声从天上传到地下:叮咣!叮咣!叮叮咣咣!那轮银子似的月亮就把如水的光华倾洒到人间。看哪,我们伟大银匠的月亮啊!

格拉长大

"阿妈，要下雪了。"

在这阴霾天气里，格拉的声音银子般明亮。格拉倚在门口，母亲在他身后歌唱，风吹动遮在窗户上的破羊皮，啪嗒啪嗒响。

"阿妈，羊皮和风给你打拍子呢！"

在我们村子中央的小广场上，听见格拉说话和阿妈唱歌的女人们都会叹一口气，说："真是没心没肝、没脸没皮的东西！活到这个份儿上，还能这么开心！"

格拉是一个私生子，娘儿俩住在村子里最低矮窄小还显得空空荡荡的小屋子里。更重要的是，这家的女主人桑丹还有些痴傻。桑丹不是本村人，十来年前吧，村里的羊倌打开羊圈门，看着一群羊子由头羊带领着，一一从他眼皮下面走过。这是生产队的羊，所以，每天早晚，羊倌都会站在羊圈门口，手把着木栅门，细心地数着羊的头数。整个一群一百三十五头都挤挤挨挨地从眼前过去了，圈里的干草中却还睡着一头。羊倌过去拉拉羊尾巴，却把一张皮揭开了。羊皮底下的干草里竟甜睡着一个女人！

这个人就是现在没心没肺地歌唱着的格拉的母亲。

羊倌像被火烫着一样，念了一声佛号跑开了。羊倌是还俗喇嘛，他的还俗是被迫的，因为寺院被拆毁了。这些人背书一样说，喇嘛是寄生虫，要改造为自食其力的劳动者，所以喇嘛成了牧羊人。

羊圈里有一个来历不明的女人！这个消息像一道闪电，照亮了死气沉沉的村落。人们迅速聚集到羊圈，那个女人还在羊皮下甜甜地睡着。她的脸很脏，不，不对，不是真正让人厌恶的脏，而是像戏中人往脸上画的油彩——黑的油彩、灰的油彩。那是一个雪后的早晨，这个来历不明的女人在干草堆里，在温暖的羊膻味中香甜地睡着，天降神灵般安详。围观的人群也不再出声。然后，女人慢慢睁开了眼睛。刚睁开的眼睛清澄明亮。人群里有了一点骚动，就像被风撼动的树林一样，随即又静下来。女人看见了围着她的人群——居高临下俯瞰她的人群，清澈澄明的眼光散漫浑浊了。她薄薄的嘴唇动起来，自言自语嘀咕着什么，但是，没有人听见她到底说了些什么。她自言自语的时候，就是薄薄的嘴皮快速翻动，而嘴里并不发出一点声音。所以，人们当然不知道她说些什么，或者想说些什么。

娥玛扯着大嗓门问她从哪里来,她脸上竟露出羞怯的神情,低下头去,没有回答。

洛吾东珠也大着嗓门说,那你总该告诉我们一个名字吧?

娥玛说,你没瞧见她不会说话吗?

人群里发出了一点笑声,说,瞧瞧,这两个管闲事的大嗓门干上了。想不到,就在这笑声里,响起了一个柔婉好听的声音:"我叫桑丹。"

妇女主任娥玛说:"妈呀,这么好听的声音。"

人们说,是比你的大嗓门好听。

娥玛哈哈一笑,说:"把她弄到我家去,我要给这可怜人吃点热东西。"她又对露出警惕神情的洛吾东珠说:"当然,我也要弄清她的来历。"

桑丹站起来,细心地捡干净沾在头上身上的干草,虽然衣裳陈旧破败,却不给人褴褛肮脏的感觉。

据说,当时还俗喇嘛还赞了一句:"不是凡俗的村姑,是高贵的大家闺秀哇!"

娥玛说:"反正是你捡来的,就做你老婆好了。"

羊倌连连摇手,追他的羊群去了。

从此,这个来历不明的桑丹就在机村待下来,就像从生下来就是这个村子里一个成员一样。

后来,人们更多的发现就是她唱歌的声音比说话还要好听。村里的轻薄男人也传说,她的身子赛过所有女人的身子。反正,这个有些呆痴,又有些优雅的女人,就这样在机村待下来了。人们常听她曼声唱歌,但很少听她成句说话。她不知跟谁生了两个孩子,第一个是儿子格拉,今年十二岁了。第二个是一个女儿,生下来不到两个月,就在吃奶睡觉时,被奶头捂死了。女儿刚死,她还常常到河边那小坟头上发呆,当夏天到来,茂盛的青草掩住了坟头,她好像就把这件事情忘了,常常把身子好看地倚在门口,对着村里的小广场。有人的时候,她看广场上的人,没人的时候,就不晓得她在看什么了。她的儿子格拉身上也多少带着她那种神秘的气质。

所以,母亲唱歌的时候,他说了上面那些话,从那语调上谁也听不出什么,只有格拉知道自己心里不太痛快。

无所事事的人们总要聚集在村中广场上。那个时代的人们脸也常像天空一样阴沉。现在越来越大的风驱使人们四散开去,钻进了自家寨楼的门洞。脸是很怪的东西,晦气的脸,小人物的脸阴沉下来没有什么关系,但有道德的人脸一沉下来,那就真是沉下来了。而在这个时代,大多数人据说都是非常重视道德的。不仅如此,他们还常常开会,准备建设新的道德。

要下雪了,不仅是头顶的天空,身上酸痛的关节也告诉格拉这一点。十二岁的格拉站在门口,眼前机村小广场和刚刚记事时一模一样。广场被一群寨楼围绕,风绕着广场打旋,把絮状的牛羊毛啦、破布啦、干草啦,还有建设新道德用过的破的纸张从西边吹到东边，又窸窸窣窣把那些杂物推到西边。

看到这些，格拉笑了。一笑，就露出了嘴唇两边的尖尖犬齿。大嗓门洛吾东珠说，看看吧，看看他的牙齿就知道他狗一样活着。那条母狗，就知道叉开两腿，叫男人受用，做那事情她还好意思大声叫唤。

有女人开口了：生了娃娃，连要拔掉旧牙都不知道。那些母牛——格拉心里这样称呼这些自以为是，为一点事就怒气冲冲、哭天抹泪的女人们。就是这些女人使格拉知道，小孩子到换牙的时间，松动的牙齿要用红色丝线拴住、拔除，下牙扔在房顶，上牙丢在墙根，这样新牙才会快快生长。格拉的母亲桑丹却不知道这些，格拉的新牙长出，把没掉的旧牙顶在了嘴唇外边，在那里闪闪发光，就像一对小狗的牙齿，汪汪叫的那种可爱可气的小狗。

议论着比自己晦气倒霉的人事是令人兴奋的，女人们一时兴起，有人学起了小狗的吠叫：汪！汪汪！一声狗叫引起了更多的狗叫。特别是那些年轻媳妇叫得是多么欢势啊！这是黄昏时分，她们及时拔了牙的、有父亲的孩子们从山脚草地上把母牛牵出来，她们正把头靠在母牛胀鼓鼓的肚皮上挤奶。她们的欢叫声把没有母牛挤奶的格拉母亲桑丹从房里引出来，她身子软软地倚在门框上，看着那些挤奶的女人。

正在嚼舌的那个女人被她看得心慌，一下打翻了奶桶，于是，那天黄昏中便充满了新鲜牛奶的味道。

第二天,村里的人们都说:"那条母狗,又怀上了,不知哪家男人作的孽。"

格拉倚在门框上舔舔干裂的嘴唇,感到空气里多了滋润的水汽,好像雪就要下来了。他们母子俩好久没有牛奶喝了。看着空空荡荡的广场,不知第一片雪花什么时候会从空中落下来。格拉想起和次多去刷经寺镇上换米,弄翻了车,喝醉了酒的事。眼下该是中午,却阴暗得像黄昏,只是风中带有的一点湿润和暖意,让人感到这是春天将到的信号了。这场雪肯定是一场大雪,然后就是春天。格拉正在长大,慢慢长成大人了,他已经在想象自己是一个大人了。背后,火塘边体态臃肿的母亲在自言自语,她的双手高高兴兴地忙活着把火塘中心掏空,火就呼呼欢笑起来。

"格拉,我们家要来客人了!"

"今天吗,阿妈?"

"今天,就要来了。"

格拉进屋,帮母亲把火烧得再大一些。他知道那个客人将来自母亲那小山包一样的肚子里,他长大了,他懂这个。现在屋里已经烧得很暖和了,既然家里穷得什么也没有,就让屋子更加暖和吧,格拉已经十二岁了,能够弄回来足够的干柴。就让母亲,这个终于有一个小男人相帮相助的女人想要多暖和就有多暖和吧。格拉今年十二,明年就十三了。

连阿妈都说:"不再小狗一样汪汪叫了,我的格拉宝贝。"

她放肆的亲吻弄得格拉很不自在。

桑丹开始吃煨在火塘边的一罐麦粒饭,饭里还埋了好大一块猪肉。

"我不让你了,儿子。"

格拉端坐不动。

"我要吃得饱饱的。"

"雪要下来了。"

母亲的嘴被那块肥猪肉弄得油光闪闪,"雪一下,客人就要来了,该不是个干干净净的雪娃娃?"

格拉脸红了。

他知道母亲指的是什么,一点忧愁来到了心间。格拉又听到母亲那没心没肺的欢快声音,"想要弟弟还是妹妹?"

格拉觉得自己该笑,就努力笑了一下。本来,他也是跟母亲一样会没心没肺地痴笑的。但这一笑,却感到了自己的心和肺,感到自己的心和肺都被个没来由的东西狠狠扯了一下。

"我要给你生个妹妹,我要一只猫一样贴着我身子睡觉的小女孩,你同意吗?"

格拉对着阿妈点点头。却想起河边那个被母亲忘记的、被青草掩埋被白雪覆盖的小小坟头,心肺又像被什么扯了一下。格拉已经有心事了。

"烧一锅水,儿子,给你可怜的阿妈。多谢了,儿子,再放把剪刀在我身边。"

说话间,她已经把那一大罐子饭吃了下去了。在以前,有好东西总是儿子先吃。今天,桑丹把饭吃光了,格拉很高兴母亲这样。

这时,疼痛开始袭击母亲。她一下挺直了腰,咬紧了嘴唇,痛苦又很快离开了。母亲说:"格拉,好儿子,客人在敲门了。女人生孩子,男人不好在边上的,你出门去走走吧。"说完,她就躺在了早已预备好的小牛皮上,牛皮下垫上了厚厚的干草。

躺下去后,母亲还努力对他笑笑。出门时,格拉心里像是就此要永别一样难过。

雪,在他出门的时间,终于从密布的灰色云层中飘了下来。

站在飞舞的雪花中间,格拉按了按横插在腰间的长刀。

背后,传来母亲尖厉的叫声,格拉知道全村人都听到了这叫声。雪一片片落在他头上,并很快融化,头上的热气竟使雪变成了一片雾气。母亲的声音驱使他往村外走去。

格拉恍然看到了血。

揉揉眼睛,血又消失了,依然只有绵密无声的轻盈雪花在欢快飞舞。

母亲的声音消失时,他已经走到村后的山坡上了。背后传来踏雪声和猎犬兴奋的低吠，有人要趁雪天上山打猎，是几个比格拉大几岁的狂傲家伙。柯基家的阿嘎、汪钦兄弟，大嗓门洛吾东珠的儿子兔嘴齐米，瞧他们那样子就知道是偷偷背走了大人的猎枪。他们超过格拉时，故意把牵狗的细铁链弄得哗哗作响。他们消失在雪中，格拉往前紧走一阵，他们又在雪花中出现了。他们站在那里等他，嘴里喷着白气对着格拉哈哈大笑。格拉准备好了，听他们口中吐出污秽的语言。但母亲放肆的尖叫，像是欢愉又像是悲愤的尖叫声从下边的村子传来，像一道闪电，一道又一道蜿蜒夺目的闪电。几个家伙说：走啊，跟我们打猎去，那个生娃娃的女人没有东西吃，打到了我们分一点给你。

那个娃娃没有老子，你就做他老子。

格拉刚要回答，兔嘴齐米笑起来。他那豆瓣嘴里竟发出和格拉母亲一样的笑声：欢快，而且山间流水一样飞珠溅玉。听到这笑声格拉禁不住也笑了。他像母亲一样，总在别人煞有介事愁眉苦脸的时候没心没肺地笑啊笑啊。格拉笑了，兔嘴齐米眼里却射出了因成功愚弄别人而十分得意的光芒。格拉就笑着扑到了这家伙身上，兔嘴齐米扬手扬脚在雪中往坡下翻滚。这时，母亲毫不掩饰的痛苦的声音又在下边的村子里响起来。她在生产又一个没有父亲的孩子时大呼小叫，村里人会说些什么？他们是不是说：这条母狗，叫得多欢势哪？格拉又扑了下去，朝翻滚着的兔嘴背上猛踢一脚，加快了他翻滚的速度。

那个怀了孩子，自己拉扯，并不去找哪个男人麻烦的女人又高声叫喊起来。

兔嘴齐米终于站了起来，立脚未稳就口吐狂言：你敢打我？他跟他父亲一样，都是村里趋炎附势的小角色，这小角色这时却急红了眼，"你敢打我？"

"你再笑！"

齐米腆起肚子，用难看的兔子嘴模仿桑丹的叫声。格拉心里是有仇恨的，并且一下子就爆发出来了。他拔出腰间的刀，连着厚厚的木鞘重重横扫在齐米脸上。齐米一声惨叫，他的猎狗从后面拖住了格拉的腿，兔嘴的窄脸才没有招来第二下打击。狗几乎把他的腿肚子都咬穿了。格拉高叫一声，连刀带鞘砸在了狗脖子上。这一下打得那么重，连刀鞘也碎了。杜鹃花木的碎片飞扬起来，狗惨叫一声，跑远了。

现在，刀是赤裸裸的了，寒光闪闪，雪花落在上面也是铮然有声。兔嘴齐米的脸因为恐怖，也因为塌陷下去的鼻梁而显得更加难看。

几个人把一脸是血的兔嘴架下山去。

格拉坐在雪地上，看着自己被狗咬的伤口流着血，看着血滴在雪地上，变成殷红的花朵。母亲仍然不知疲倦也不知羞耻地高一声低一声叫着，他想母亲生自己时肯定也是这样。现在好了，儿子和母亲一样疼痛，一样流血。流了血能让人看见，痛苦能变成血是多么好的事情啊。送齐米下山的阿嘎、汪钦兄弟又邀约几个小伙子回来了。格拉在把一团团雪捂在伤口上，染红了，丢掉，又换上一团干净的。他一边扬掉殷红的浸饱鲜血的雪团，一边一声不吭地瞧着他们。这六七个人在他身边绕了好大一个弯子，牵着父亲们的狗，背着父亲们的枪上山打猎去了。

血终于止住了。

母亲的声音小了一些，大概她也感到累了。雪也小了一些，村子的轮廓显现出来。雪掩去了一切杂乱无章的东西，破败的村子蒙尘的村子变得美丽了。望着眼前的景象，格拉脸上浮起了笑容。格拉转过身踏着前面几个人的脚印上山去了，他要跟上他们，像一条狗一样，反正他的名字就是狗的意思。要是他们打到猎物，上山打猎见者有份，他们就要分一点肉给他。格拉要带一点肉给生孩子的桑丹。刚生娃娃的女人需要吃一点好的东西，但家里没有什么好东西给女人吃。格拉要叫她高兴高兴，再给她看腿上的伤口，那是为了告诉母亲格拉知道她有多痛。她是女人就叫唤吧。自己是男人，所以不会叫唤。格拉想象她的眼中会盈满泪水，继而又会快乐地欢笑。这女人是多么地爱笑啊。

笑声比溪水上的阳光还要明亮，却有那么多人像吝惜金子、银子一样吝惜笑声，但她却是那么爱笑。这个女人——他已经开始把母亲看成一个女人——那么漂亮，那么穷困无助，那么暗地里被人需要，明地里又被人鄙弃，却那样快快乐乐。村里人说这女人不是傻子就是疯子。

现在，她又叫起来了。

村里其他女人生孩子都是一声不吭，有人甚至为了一声不吭而憋死了自己。不死的女人都要把生娃娃说得像拉屎拉尿一样轻松，这是女人的一种体面，至少在机村是这样的。这女人却痛快地呼喊着，声音从被雪掩盖的静悄悄的村子中央扶摇而起，向上，向上，向上，像是要一直到达天上，让上界的神灵听到才好一样。

世界却没有任何被这欢乐而又痛苦的声音打动的一点迹象。没有一点风，雪很沉重地一片片坠落下来，只有格拉感到自己正被那声音撕开。从此，作为一个男人，他就知道，生产就是撕开——把一个活生生的肉体。

格拉往山上走，积雪在脚下咕咕作响，是在代他的心发出呻吟。想到自己初来人世时，并没有一个人像自己一样心疼母亲，眼泪就哗啦啦地流了下来。当他进入森林时，母亲的叫声再也听不到了。

格拉又找到了他们的脚印。

他努力把脚放进步幅最大的那串脚印里，这使得他腿上被凝血黏合的伤口又开裂了。热乎乎的血像虫子一样从腿上往下爬行，但他仍然努力迈着大步。微微仰起的脸上露出了笑容——不知为了什么而开心的笑容，因此显得迷茫的笑容。

枪声。

阴暗的森林深处传来了枪声。也许是因为粗大而密集的树，也许是因为积得厚厚的雪，低沉喑哑的枪声还不如母亲临产的叫声响亮。格拉呆立了一下，然后放开了脚步猛跑起来。沉闷的枪响一声又一声传来。起初还沉着有序，后来就慌乱张皇了。然后，是人一声凄厉而有些愤怒的惨叫在树林中久久回荡。格拉越跑越快，当他感到就要够不上那最大的步子时，那些步子却变小，战战兢兢、犹疑不前了。

格拉也随之慢慢收住了脚步。眼前不远处，一个巨大的树洞前仰躺着一个蠕动的人，旁边俯卧着一只不动的熊。这几个胆大妄为又没有经验的家伙竟敢对冬眠的熊下手，而另一只熊正拖着一路血迹在雪地上追逐那几个家伙。其中两个家伙，竟然一直往下，扑向一块洼地里去了。在机村，即便一次猎都没有打过的女人都知道，猛兽被打伤后，总是带着愤怒往下俯冲，所以，有经验的猎人，都应该往山坡上跑。但这两个吓傻了的小子却一路往下。那是汪钦兄弟俩，高举着不能及时装药填弹的火枪往洼地里跑去。开初，小小的下坡给了他们速度，熊站住了。这只在冬眠中被惊醒、同伴已经被杀害的熊没想到面前的猎手是这样蠢笨。

摆脱了危险的同伴和格拉同时高叫，要他们不要再往下跑了。

汪钦兄弟依然高举着空枪,往积雪深厚的洼地中央飞跑。斜挂在身上的牛角火药筒和鹿皮弹袋在身上飞舞。熊还站在那里,像是对这两个家伙的愚蠢举动感到吃惊,又像是一个狡猾的猎人在老谋深算。

格拉又叫喊起来。

晚了,两人已冲到洼地的底部,深陷到积雪中了。他们扔下了枪,拼命往前爬。

格拉扑到和熊睡在一起的那人跟前,捡起了枪。这是他生平第一次端起枪来,他端着枪的手、他的整个身子都禁不住颤抖起来。他嗅到了四周弥散的硝烟味道和血的味道。在机村,那些有父兄的男孩,很小就摸枪,并在成年男人的教导下,学会装弹开枪。格拉这个有娘无爹的孩子,只是带着从母亲那里得来的显得没心没肺的笑容,看着别的男孩因为亲近了枪而日渐显出男人的气象。现在,他平生第一次端起了枪,往枪膛里灌满火药,从枪口摁进铅弹,再用捅条狠狠地捅进枪膛,压实了火药,然后,扳起枪机,扣上击发的信药,这一切他都飞快完成了。这一切,他早在村里那些成年男子教自己的儿子或兄弟使用猎枪时一遍遍看过,又在梦里一次次温熟了。现在,他镇定下来,像一个猎手一样举起枪来,同时,嗅到了被捅开的熊窝温热腥膻的味道。那熊就站在这种味道的尽头,在雪地映射的惨白光芒中间,血从它身子的好几个地方往下淌。

受伤的熊一声嗥叫,从周围树木的梢头,震下一片迷蒙的雪雾。熊往洼地里冲了下去,深深的雪从它沉重的身体两边像水一样分开。

枪在格拉手中跳动一下。

可他没有听到枪声,只感到和自己身子一般高的枪往肩胛上猛击一下。

他甚至看到铅弹在熊身后钻进了积雪,犁开积雪,停在了熊的屁股后面。那几个站在山洼对面的家伙也开枪了。熊中了一弹,重重地跌进了雪窝,在洼地中央沉了下去。但随着一声嗥叫,它又从雪中拱了出来,它跟汪钦兄弟已近在咫尺了。

格拉扔掉空枪。叫了起来:

"汪!汪汪!"

"汪汪!汪!"

他模仿的猎犬叫声欢快而响亮,充满了整个森林,足以激怒任何觉得自己不可冒犯的动物。如果说,开枪对他来说是第一次的话,那么,学狗叫他可是全村第一。他在很多场合学过狗叫,那都是在人们面前,人们说:格拉,叫一个。他就汪汪地叫起来。听到这逼真的狗叫声,那熊回过身来了。格拉感到它的眼光射到了自己身上。那眼光冰一样冷,还带着很沉的分量。格拉打了一个寒噤。然后,他还听见自己叫了一声:"妈呀!"就转过身子,甩开双腿往来时的路上,往山下拼命奔逃了。

汪汪!格拉感到自己的腿又流血了,迎面扑来的风湿润沁凉，而身后那风却裹挟着血腥的愤怒。他奔跑着，汪汪地吠叫着，高大的树木屏障迎面敞开，雪已经停了，太阳在树梢间不断闪现。不知什么时候，腰间的长刀握在了手上，随着手起手落，眼前刀光闪烁，拦路的树枝刷刷地被斩落地上。很快，格拉和熊就跑出了云杉和油松组成的真正的森林，进入了次生林中。一株株白桦树迎面扑来，光线也骤然明亮起来，太阳照耀着这银装素裹的世界，照着一头熊和一个孩子在林中飞奔。

格拉回头看看熊。那家伙因为伤势严重，已经抬不起头来了，但仍然气咻咻地跟在后面朝山下猛冲。只要灵巧地转个小弯，体积庞大的熊就会回不过身来，被惯性带着冲下山去。带着那么多伤，它不可能再爬上山来。但现在奔跑越来越镇定并看到了这种选择的格拉却不想这样，他甚至想回身迎住熊，他想大家都不要这样身不由己地飞奔了。

现在，从山上往下可以看到村子了。

村子里的人也望着他们，从一个个的房屋平台，从村中的小广场向山上张望，看着一头熊追赶着格拉往山下猛冲，积雪被他们踢得四处飞扬。猎狗们在村子里四处乱蹿。而在格拉眼中，那些狗和奔跑的人并不能破坏雪后村子的美丽与安静。

格拉还看到了母亲，在雪后的美丽与宁静中，脸上汗水闪闪发光，浑身散发着温暖的气息，在火塘边睡着了，睡得像被雪覆盖了的大地一模一样。母亲不再痛苦地呼喊了。那声音飘向四面八方。在中央，留下的是静谧村庄。

格拉突然就决定停下来不跑了,不是跑不动了,而是要阻止这头熊跑进雪后安宁的村子。村子里,有一个可怜的女人在痛苦地生产后正在安静地休息。

那一天,一个雪后的下午,村子中的人们都看到格拉突然返身,迎着下冲的熊挺起了手中的长刀。

格拉刚一转身就感到熊的庞大身躯完全遮蔽了天空,但他还是把刀对准了熊胸前的白点,他感到了刀尖触及皮毛的一刹那,并听到自己和熊的体内发出骨头断裂的咔嚓声。血从熊口中和自己口中喷出来,然后,天地旋转,血腥气变成了有星星点点金光闪耀的黑暗。

格拉掉进了深渊。

在一束光亮的引领下,他又从深渊中浮了上来。

母亲的脸在亮光中渐渐显现。他想动一动,但弄痛了身子。他想笑一笑,却弄痛了脸。他发现躺在火塘一边的母亲凝视着他,自己躺在火塘的另一边。

"我怎么了?"

"你把它杀死了。"

"谁?"

"儿子,你把熊杀死了,它也把你弄伤了。你救了汪钦兄弟的命,还打断了兔嘴齐米的鼻梁。"

母亲一开口,一件又一件的事情就都想起来了,他知道自己和母亲一样流过血,而身体也经历了与母亲一样的痛苦了。屋外,雪后的光线十分明亮,屋里,火塘中的火苗霍霍抖动,温暖的氛围中漾动着儿子和母亲的血的味道。

"熊呢?"

"他们说你把它杀死了,儿子。"母亲有些虚弱地笑了,"他们把它的皮剥了,铺在你身子下,肉在锅里,已经煮上了。"

格拉虚弱地笑了,他想动一动,但不行,胸口和后背都用夹板固定了,母亲小心翼翼地牵了他的手,去摸身下的熊皮。牵了左手摸左边,牵了右手摸右边。他摸到了,它的爪子,它的耳朵,是一头熊被他睡在身子底下。村里的男人们把熊皮绷开钉在地板上,让杀死它的人躺在上面。杀死它的人被撞断了肋骨,熊临死抓了他一把,在他背上留下了深深的爪痕。当然,这人不够高,熊没能吻他一下,给一张将来冷峻漂亮的脸留下伤疤。

"这熊真够大。"母亲说。

"我听见你叫了,你疼吗?"

"很疼,我叫你受不了了?"

"不,阿妈。"

母亲眼中泪光闪烁,俯下身来亲吻他的额头。她浑身都是奶水和血的味道,格拉则浑身都是草药和血的味道。

"以前……"格拉伸出舌头舔舔嘴唇,"我,也叫你这么痛？"

"更痛，儿子，可我喜欢。"

格拉咽下一大口唾沫，虽然痛得冒汗，但他努力让自己脸上浮起笑容，用一个自己理解中成年男子应有的低沉而平静的声音问道："他呢？"

"谁？"

格拉甚至有些幽默地眨了眨眼，说："小家伙。"他想父亲们提到小孩子时都是用这种口气的。

母亲笑了，一片红云飞上了她的脸颊。她说："永远不要问我一件事情。"

格拉知道她肯定是指谁是小不点的父亲这个问题，他不会问的。小家伙没有父亲，可以自己来当，自己今天杀死了一头熊，在这个小孩子出生的时候，而自己就只好永远没有父亲了。

桑丹把孩子从一只柳条编成的摇篮里抱出来。孩子正在酣睡，脸上的皮肤是粉红色的，皱着的额头像一个老太太。从血和痛苦中诞生的小家伙浑身散发着奶的气息。

"是你的小妹妹，格拉。"

母亲把小东西放在他身边，小小的她竟然有细细的鼾声。格拉笑了，因为怕牵动伤口，他必须敛着气。这样，笑声变得沙哑，成年男子一样的沙哑笑声在屋里回荡起来。

"给她起名了吗？"格拉问。

母亲摇头。

"那我来起吧。"

母亲点头,脸上又露出了幸福的笑容。

"就叫她戴芭吧。生她时,下雪,名字就叫雪吧。"

"戴芭?雪?"

"对,雪。"

母亲仰起脸来,仿佛在凝望想象中漫天飞舞的轻盈洁净的雪花。

格拉发话了:"你也睡下,我要看你和她睡在一起,你们母女两个。"

母亲顺从地躺在了女儿旁边,仿佛是听从丈夫的吩咐一样。桑丹闭上了双眼,屋子里立即安静下来。雪光透过窗户和门缝射进屋里,照亮了母亲和妹妹的脸。这两张脸彼此间多么相像啊,都那么美丽,那么天真,那么健康,那么无忧无虑。格拉吐了一口气。妹妹也和自己一样,像了母亲,而不是别的什么人,特别是村里的别一个男人,这是他一直隐隐担忧的事情。

格拉转眼去看窗外的天空。

雪后的天空,一片明净的湛蓝还有彩霞的镶边。

火塘上,炖着熊肉的锅开了。

假装睡着的桑丹笑了,说:"我得起来,肉汤潽在火里,可惜了。"

格拉说:"你一起来,就像我在生娃娃,像是我这个男人生了娃娃。"

母亲笑了,格拉也跟着笑了起来,还是我们机村人常说的那种没心没肺的笑法。

瘸子

一个村庄无论大小，无论人口多少，造物主都要用某种方式显示其暗定的法则。

法则之一，人口不能一律都健全，总要造出一些有残疾的人，但也不能太多，比如瘸子。机村只有两百多号的人，为了配备齐全，就有一个瘸子。

而且，始终就是一个瘸子。

早先那个瘸子叫嘎多。这是一个脾气火暴的人，经常挥舞双拐愤怒地叫骂，主要是骂自己的老婆与女儿是不要脸的婊子。他的腿也是因为自己的脾气火暴才瘸的，那还是解放以前的事情，他家的庄稼地靠近树林边，常常被野猪糟践。每年，庄稼一出来，他就要在地头搭一个窝棚看护庄稼，他家也就常常有野猪肉吃，但他还是深以为苦。不是怕风，也不是怕雨。他老婆是个腼腆的女人，不肯跟他到窝棚里睡觉，更不肯在那里跟他做使身体与心绪都松软的好事情。

他为此怒火中烧，骂女人是婊子。他骂老婆时，两个女儿就会哀哀地哭泣，所以，他骂两个女儿也是婊子。女人年轻时会跟喜欢的男人睡觉，婚后，有时也会为了别的男人松开腰带，但她们不是婊子，机村的商业没有发达到这样的程度。但这个词可能在两百年前，就在机村人心目中生了根，很自然地就会从那些脾气不好、喜欢咒骂人的口中蹦了出来，自然得就像是雷声从乌云中隆隆地滚将出来。

后来，瘸子临去世的那两三年，他已经不用这个词来骂特指的对象了。他总是一挥拐杖，说："呸，婊子！"

"呸，这些婊子！"

每年秋天一到，机村人就要跟飞禽与走兽争夺地里的收成，他被生产队安排在护秋组里。按说，这时野兽吃不吃掉庄稼，跟他已经没有直接关系了，因为土地早已归属于集体了。此时的嘎多也没有壮年时那种老要跟女人睡觉的冲动了，但他还总是怒气冲冲的。白天，护秋组的人每人手里拿着一面铜锣，在麦地周围轰赶不请自来的飞鸟。他扶拐的双手空不出来，不能敲锣，被安排去麦地里扶起那些常常被风吹倒的草人。他扶起一个草人，就骂一句："呸，婊子！"

草人在风中挥舞着手臂。

他这回是真的愤怒了。一脚踢去，草人就摇摇晃晃地倒下了。这回，他骂了自己："呸，婊子！"

他再把草人扶起来，但这回，草人像个瘸子一样歪着身子在风中摇摇晃晃。

瘸子把脸埋在双臂中间笑了起来。随即，瘸子坐在地上，屁股压倒了好多丛穗子饱满的麦子，仰着的脸朝向天空，笑声变成了哭声。再从地上站起来时，他的腰也佝偻下去了。从此，这个人不再咒骂，而是常常顾自长叹："可怜啊，可怜。"

天下雨了，他说："可怜啊，可怜。"

秋风吹拂着金色的麦浪，哐哐的锣声把觅食的鸟群从麦地里惊飞起来，他说："可怜啊，可怜。"

晚上，护秋组的人一个个分散到地头的窝棚里，他们人手一支火枪，隔一会儿，这里那里就会嗵一声响亮，那是护秋组的人在对着夜里影影绰绰下到地里的野兽的影子开枪。枪声一响，瘸子就会叹息一声。如果很久没有枪响，他就坐在窝棚里，把枪伸到棚外，冲着天空放上一枪。火药闪亮的那一瞬间，他的脸被照亮一下，随即又沉入黑暗。但这个家伙自己连眼皮都没有抬一下，所以，枪口闪出的那道耀眼光芒他没有看见。还有人说，他的枪里根本就没有装过子弹。自从腿瘸了之后，他的火枪里就没有装过子弹了。那时，他在晚上护的是自己家地里的秋。机村人的耳朵里，还没有灌进过合作社、生产队、大集体这些现在听起来就像是天生就有的字眼。那次，在一片淡薄的月光下，一头野猪被打倒在麦地中间。本来，一个有经验的猎手会等到天亮再下到麦稞中去寻找猎物。机村的男人都会打猎，但他从来不是一个提得上名字的猎手，因为从来没有一头大动物倒在他枪口之下。看到那头身量巨大的野猪被自己一枪轰倒，他真是太激动了。结果，不等他走到跟前，受伤的野猪就喘着粗气从麦棵中间冲了出来，因受伤而愤怒的野猪用长着一对长长獠牙的长嘴一下掀翻了他。那天晚上，一半以上的机村人都听到了他那一声绝望的惨叫。人们把他抬回家里。野猪獠牙把他大腿上的肉撕开来，使白生生的骨头露在外面。还有一种隐约的传说，他那个地方也被野猪搞坏了。那畜生的獠牙锋利如刀，轻轻一下，就把他两颗睾丸都挑掉了。第二天，人们找到了死在林边的野猪，但没有人找到他丢失的东西。人们把野猪分割了分到各家，他老婆也去拿了一份回来。一见那血淋淋的东西，他就骂了出来："呸！婊子！"

瘸腿之前，他可是一个好脾气的人哪。

脾气为什么好？就因为知道自己本事小。

瘸腿之后，脾气就像盖着的锅里的蒸气，腾腾地窜上来了。

那都是很久很久的事情了。

一来，这件事发生确实有好些年头了。二来，一件事情哪怕只是昨天刚刚发生，但是经过一个又一个人添油加醋的传说，这件事情的发生马上就好像相距遥远了。这种传言，就像望远镜的镜头一样，反着转动一下，眼前的景物立即就被推到了很远的地方。

这个事件，人们在记忆中把它推远后，接下来就是慢慢忘记了。所以等到他伤愈下楼重新出现在人群里的时候，人们看他，就像他生来就是个瘸子一样了。

我说过，一个村子不论人口多少，没有几个瘸子瞎子聋子之类，是不正常的，那样就像没有天神存在一样。所以，当瘸子架着拐杖出现在大家面前时，有人下意识地就抬头去看天上，瘸子就对看天的人骂："呸！"

他还是对虚空上那个存在有顾忌的，所以，不敢把后面那两个字骂出口来。

后来，村里出了第二个瘸子。这个新瘸子以前有名字，但他瘸了以后，人们就都叫他小嘎多了。那年二十六岁的小嘎多，肩着一条褡裢去邻村走亲戚。褡裢里装的是这一带乡村寻常的礼物：一条腌猪腿、一小袋茶叶、两瓶白酒和给亲戚家姑娘的一块花布。对了，他喜欢那个姑娘，他想去看看那个姑娘。路上，他碰见了一辆爆了轮胎的卡车。卡车装了超量的木头，把轮胎压爆了。小嘎多人老实，手巧，爱鼓捣个机器什么的，而且有的是一把子用不完的力气。所以，他主动上去帮忙。装好轮胎，司机主动提出要搭他一段。其实，顺着公路，还有五公里，要是不走公路，翻一个小小的山口，三里路就到那个庄稼地全部斜挂在一片缓坡上的村庄了。

他还是爬到了车厢上面。

这辆卡车装的木头真是太多了。走在坑坑洼洼的路上，像个醉汉一样摇摇晃晃。小嘎多把腿伸在两根粗大的木头之间的缝隙里，才算是坐得稳当了。他坐在车顶上，风呼呼地吹来，风中饱含着秋天整个森林地带特别干爽的芬芳的味道。满山红色与黄色斑驳的秋叶，在阳光下显得那么饱满而明亮。

有一阵子，他要去的那个村子被大片的树林遮住了。很快，那个村子在卡车转过一个山弯时重新显现出来。在一段倾斜的路面，卡车一只轮胎砰然一声爆炸了。卡车猛然侧向一边，差一点就翻倒在地。但是，这个大家伙，它摇晃着挣扎着向前驶出一点，在平坦的路面上稳住了身子。小嘎多没有感觉到痛。卡车摇晃的时候，车上的木头错动，使得他在木头之间的双腿发出了骨头的碎裂声。他的脸马上就白了，赞叹一样惊呼了一声，就昏过去了。

小嘎多再也没能走到邻村的亲戚家。

医院用现代医术保住了他的命，医院像锯木头一样锯掉了他半条腿。他还不花一分钱，得到了一条假腿，更不用说他那副光闪闪的灵巧的金属拐杖了。那辆卡车的单位负责了所有开销，这一切，都让老嘎多自愧不如。小嘎多也进了护秋组，拿着面铜锣在地头上哐哐敲打。两个瘸子在某一处地头上相遇了，就放下拐杖晒着太阳歇一口气。两个人静默了一阵，小嘎多对老嘎多说，你那也就是比较大的皮外伤。你的骨头好好的，不就是断了一条筋嘛，要是到医院，轻轻松松就给你接上了。去过医院的人，都会从那里学到一些医学知识。小嘎多叹口气，卷起裤腿，解下一些带子与扣子，把假腿取出来放在一边，眼里露出了伤心之色。老嘎多就更加伤心了。自己没有上过医院，躺在家里的火塘边，每天嚼些草药敷在创口之上。那伤口臭烘烘的，差不多用了两年时间才完全愈合。他叹息，小嘎多想，他马上就要自叹可怜了。老嘎多开口了，他没有自怨自怜，语气却有些愤愤不平："有条假腿就得意了，告诉你，我们这么小的村子里，只容得下一个瘸子，你，我，哪一个让老天爷先收走还不一定呢！"

老嘎多说完话，起身架好拐，在哐哐的锣声中走开了。雀鸟们在他面前腾空而起，那么响的锣声并不能使它们害怕，它们就在那锣声上面盘旋。锣声一远，它们又一收翅膀，一头扎在穗子饱满的麦地里去了。

小嘎多好像有些伤心，又好像不是伤心，他也不会去分析自己。他把假腿接在断腿处，系上带子，扣上扣子，立起身来时，听到真假肢相接处，有咔咔的脆响。假腿磨到真腿的断面，有种可以忍受却又锐利的痛楚。他没有去看天，他没有想自己瘸腿是因为上天有个老家伙暗中作了安排。但现在，看着老嘎多慢慢走远的背影，他想："老天要是真把老嘎多收走，那他也算是解脱出来了。"

他的心里因此生出了些深深的怜悯，第二天下地时，他怀里揣着小瓶子，瓶子里有两三口白酒。

到地头坐下时，他就从怀里掏出这酒来递给比他老的、比他可怜的瘸子。

整个秋天，差不多每天如此。每天，两个瘸子也不说话，老嘎多接过酒瓶，一仰脸，把酒倒进嘴里，然后，各自走开。

这样到了第二年的秋天，老嘎多忍不住了，说："妈的，看你这样子，敢情从来没有想过老天爷要把你收走。"

小嘎多脸上的笑容很开朗，的确，他一直就都是这么想的："老天爷的道理就是老的比小的先走。"

老嘎多也笑了："呸！婊子！你也不想想，老天爷兴许也有个出错的时候。"

"老天爷又不会喝醉酒。"

说到这里，小嘎多真的才意识到自己还很年轻，不能这么年轻就在护秋组里跟麻雀逗着玩。

从山坡上望下去，村里健全的劳动力都集中在修水电站的工地上，以致成熟的麦地迟迟没有开镰。

他说："妈的，老子不想干这么没意思的活，老子要学发电。"

老嘎多就笑了，这是他第一次看见老嘎多脸上的肌肉因为笑而挤出了好多深刻的皱纹。于是，这一天他又讲了好些能让人发笑的话，老嘎多真的就又笑了两次。两次过后，他就把笑容收拾起来，说这世界上并没有什么值得人高兴的事情。小嘎多心上对这个人生出了怜悯，第一次想，对一个小村子来说，两个瘸子好像是太多了。如果老天爷真要收去一个的话……那还是让他把老嘎多收走吧，因为对他来说，活在这个世上好像太难太难了。而自己还这么年轻，不该天天在这地头上敲着铜锣驱赶麻雀了。

有了这个想法，他立即就去找领导："我是一个瘸子，我应该去学一门技术。"

"那个嘎多比你还先瘸呢。"

"那个笨蛋，你们真要送他去学发电，我也没有什么意见。"领导当然不能让那个笨蛋去学习发电这么先进的事情。小嘎多却是一个脑瓜灵活的家伙，他提出这个要求就忙自己的去了。几天后，他得到通知，让他收拾东西，在大队部开了证明去县里的小水电培训班报到。

"真的啊？！"他拿着刚刚印上了大红印章的证明还不敢相信这竟是真的。他坐在地头起了这么一个念头，没想到过不了几天，这个听起来都荒唐的愿望竟成为了现实。"为什么？"

领导说："不是说村里就没有比你更聪明的人，只不过他们都是手脚齐全的壮劳力，好事情就落在你头上了。"

小嘎多不怒不恼，临出发前一天还拿着铜锣在地边上驱赶雀鸟，不多时他就碰上了老嘎多。这家伙挂着一副拐，站在那些歪斜着身子的草人身边，自己也摇摇晃晃一身破烂像一个草人。

小嘎多就说："伙计，站稳了，不要摇晃，摇晃也吓不跑雀鸟。"

"呸！婊子！"

"不要骂我，村里就我们两个瘸子，等我一走，你想我的时候都见不着我了。"

"呸！"

"你不是说一个村里不能同时有两个瘸子吗？至少我离开这半年里，你就可以安心了。"说着，他伸出手来，说，"来，我们也学电影里的朋友握个手。"

老嘎多拐着腿艰难地从麦地里走出来，伸出手来跟他握了一下。小嘎多心情很好，他从怀里掏出一个酒瓶，脸上夸张地显出陶醉的模样，老嘎多的鼻头子一下子就红了起来，他连酒味都还没有闻到，就显出醉了的模样。他伸出去接酒瓶的手一直都在抖索。老嘎多就这么从小嘎多手里抓过酒瓶，用嘴咬开塞子，咕咚一声，倒进肚里的好像不是一口沁凉的水，而是一块滚烫的冰。

他就这么接连往肚子里投下好几块滚烫的冰，然后，才深深地一声长叹，跌坐在地上。他想说什么，但又什么都没说。他眼里有点依依不舍的神情，但很快，又被愤怒的神色遮掩住了。

两个瘸子就这么在地头上呆坐了一阵，小嘎多站起身来，假肢的关节发出叭叭的脆响："那么，就这样吧。反正有好些日子，机村又只有你一个瘸子了。"

老嘎多还是不说话。

小嘎多又说:"等我回来,等到机村天空下又有了两个瘸子,老天爷看不惯,让他决定随便除掉我们中间的哪一个吧。"说完,他就往山坡下扬长而去了。他手里舞动着的金属拐杖在太阳底下闪闪发光。

等到小嘎多培训回来,水电站就要使机村大放光明的时候,老嘎多已经死去很多时候了。电站正式发电那天,村里的男人围坐在发电房的水轮机四周。当水流冲转了机器,机器发出了电力,当小嘎多合上了电闸,飞快的电流把机村点亮,他仿佛看见老嘎多就坐在这些人中间,脸上堆着很多很多的皱纹,他知道,这是那个人做出了笑脸。

马车夫

通常的乡村图景中，马车与马车夫都是古老的意象。但在机村，情形并不是如此。

车的关键是轮子，但在机村不可考的漫长历史上，轮子是有的，但可能是没有宽阔大道的缘故吧，很有历史的轮子只与宗教相关。手摇的、水冲的，甚至被风吹动的轮子里面，填满了整卷整卷写满简短、不断重复的祝诵的经文。还有一种轮子固定不动，装置在寺院最高的顶上，金光闪闪。

一直到了五十年代，外面是柔韧的黑色橡胶，里面由坚固的钢圈形成支撑，用于使物体移动的轮子才来到了机村。最不可思议的是，在轮子里外之间的那个空间，只是充满了经过压缩的空气——橡胶与钢结合时，产生了一种特别的魔法，使虚无缥缈的空气也变得无比坚硬了。

从古到今，轮子就是奇妙的东西。就说那些经轮吧，不管是用什么方式推动,一旦转动起来,大的经轮隆隆作响仿佛雷霆滚过,小的经轮嗡嗡出声仿佛蜜蜂飞翔。就这样,里面那些经文,不是一字一字、一句一句读诵出来,轮子转动一周,里面全部的经文就被整体地呈现一次,同时,也被上天的什么神灵笼统地领受了。

就是说,轮子转动的时候,上天的神就已经听见了。那么多的字符紧巴巴地挤在一起,"嗡"一声就飞上天去,神都能逐字听见,仅此一点,也可知其神通绝非一般。

但是,人没有听见。踟蹰于尘世中的人感觉早已被区隔,只能领受一字一字、一词一词的祝诵了,谁也听不见那么多轮子嗡然一声转动起来一瞬之间释放出来的字符与声音。依照佛在佛经中所说,正是这种浩大无边的无声之声才能称之为"大声音",只有大声音才能上达天庭。而辗转于尘世中的人们早已失去了天听,他们只能听到轮子转动的声音。

所以,当轮子以车辆部件的形式出现时,人们感到了一种很新鲜的刺激,轮子提供的价值不再过于缥缈虚无了。当第一辆马车由崭新的车轮支撑着出现在人们眼中,还不等它运动起来,人们就意会到一种能够更快、更多地运送物品的运载工具已经出现了。

这个工具叫做"车"。

古歌里出现过这个词。古歌里车的驭手是战神。

现在,车出现在凡世,凡夫们谁又能成为它的驾驭者?因为这车与马相关,所有人立即就想到了最好的骑手。

骑手的形象与通常的想象大相径庭。这个人身材瘦小,脸上还布满了天花留下的斑斑印迹,但他就是机村最好的骑手。机村人认为,这样的人用马眼看去,会有非常特别的地方。怎么样的特别法呢?人生不出马眼,所以无从知道,这跟各种轮子的诵经声凡人的耳朵不得听闻大概是相同的道理。

试驾马车那一天,麻子一副事不关己的模样。人们扎成一圈,看村里的男子汉们费尽力气想把青鬃马塞进两根车辕之间,用那些复杂的绊索使它就范。这时,麻子骑着一匹马徘徊在热闹的圈子外边。这个人骑在马上,就跟长在马背上一样自在稳当。折腾了很长时间,他们也没有能给青鬃马套上那些复杂的绊索。青鬃马又踢又咬,让好几个想当车夫的冒失鬼都受了点小伤。

人们这才把眼光转向了勒马站在圈子之外的麻子。

在众人的注视下,他脸上那些麻坑一个个红了。他抬腿下了马背,慢慢走到青鬃马跟前。他说:"吁——"青鬃马竖起的尾巴就慢慢垂下了。他伸出手,轻拍一下青鬃马的脖子,挠了挠马正呼出滚烫气息的鼻翼,牲口就安静下来了。这个家伙,脸上带着沉溺进了某种奇异梦境的浅浅笑容,开始嘀嘀咕咕地对马说话,马就定了身站在两根结实的车辕中间,任随麻子给它套上肩轭和复杂的绊索。中辕驾好了,两匹边辕也驾好了。

人群安静下来。

麻子牵着青鬃马迈开了最初的两步。这两步,只是把套在马身上那些复杂的绊索绷紧了。麻子又领着三匹马迈出了小小的一步。这回,马车的车轮缓缓地转动了一点。但是,当麻子停下了步子,轮子又转回到了原来的地方。

"走啊,麻子!"人们着急了。

麻子笑了,细眼里放出锐利的亮光,他连着走了几步,轮子就转了大半圈。轮籀和轮轴互相摩擦,发出了旋转着的轮子必然会发出的声音:

叽——

像一只鸟有点胆怯又有点兴奋地要初试啼声,刚叫出半声就停住了。

马也竖起了耳朵,谛听身后那陌生的声音。

他又引领着马迈开了步子。

三匹马,青鬃马居中,两匹黑马分行两边,牵引着马车继续向前。转动的车轮终于发出了完整的声音:

叽——吭!

前半声小心翼翼,后半声理直气壮。

那声音如此令人振奋,三匹马不再要驭手引领,就伸长脖颈,耸起肩胛,奋力前行了。轮子连贯地转动,那声音也就响成了一串:

叽——吭!

叽——吭！叽——吭！叽——吭！

麻子从车头前闪开，在车侧紧跑几步，腾身而起，安坐在了驭手座上，取过竖在车辕上的鞭子，凌空一抽，马车就蹿出了广场，向着村外的大道飞驰起来。

从此，一直蜗行于机村的时间也像给装上了飞快旋转的车轮，转眼之间就快得像是射出的箭矢一样了。

这不，马车开动那一天的情景好像还在眼前，那些年里，麻子一脸坑洼里得意的红光还在闪烁，马车又要成为淘汰的事物了，因为拖拉机出现了。拖拉机不但比马车多出了四只轮子，更重要的是，一台机器代替了马匹。拖拉机手得意地拍拍机器，对围观的人说："四十匹马力。什么意思，就是相当于四十匹马。"

人群里发出一声赞叹。

拖拉机手还说："你们去问问麻子，他能不能把四十匹马一起套在马车前面？"

其实，拖拉机手早就看见麻子勒在手里的缰绳，骑在他心爱的青鬃马上，待在人圈外面，那情形，颇像是第一次给马车套马时的情形。但他故意要把这话让麻子听见。麻子也不得不承认，拖拉机手确实够格在自己面前威风。不要说那机器里憋着四十匹马的劲头，光看那红光闪闪的夺目油漆，看那比马车轮大上两三倍的轮子，他心里就有些可怜自己那矮小的马车了。

拖拉机油门一开，机器的确就像憋着很大劲头一样怒吼起来。它高竖在车身前的烟筒里突突地喷射一股股浓烟，那得意劲就像这些年里麻子坐在行驶的马车上，手摇着鞭子，嘴里叼着烟头喷着一口口青烟时的样子。看着力大无穷的拖拉机发动起来，麻子知道马车这个新事物在机村还没有运行十年，就已经是被淘汰的旧物了。

麻子转过身细心地套好了他的马车。他要驾着马车让所有想坐他马车的孩子们都坐上来，在路上去跑上一趟。过去，可不是随便哪个人都能坐上他的马车。他是一个不太喜欢孩子与女人的家伙。加上那时能坐马车也是一种身份的象征，所以很多人特别是很多孩子都没有坐过他的马车。但他驾着马车在村里转了两三圈，马车上还是空空荡荡的。那些平常只能爬到停着的马车上蹭蹭屁股的孩子，这会儿都一溜烟地跟着拖拉机跑了。拖拉机正在人们面前尽情地展示它巨大的能耐。村外的田野里，拖拉机手指挥着人们摘掉了挂在车头后面的车厢，从车厢里卸下一挂有六只铁铧的犁头。熄了一会儿火的拖拉机又突突地喷出了烟圈，拖着那副犁头在地里开了几个来回，就干下了两头牛拉一套犁要一天才能干完的活路了。村里人跟在拖拉机后面，发出了阵阵惊叹。只有麻子坐在村中空荡荡的广场上，点燃了他的烟斗。

过去，他是太看重、太爱惜他的马车了。要早知道这马车并不会使用百年千年，就要"退出历史舞台"，那他真的就用不着这么珍重了。明白了一点时世进步道理的他，铁了心要让孩子们坐坐他的马车。第一天拖拉机从外面开回来时，天已经黑了。第二天一早，他就把马套上了。人们还是围在拖拉机旁热热闹闹。他勒着上了套的马，一动不动地端坐在马车之上。人们一直围着拖拉机转了两三个钟头，才有人意识到他和马车就在旁边。

"看，麻子还套着马车呢！"

"嗨，麻子，你不晓得马车再也没有用处了吗？"

"麻子，你没看见拖拉机吗？"

麻子也不搭腔，他坐在车辕上，点燃了烟斗。

这时，拖拉机发动起来了，昨天就已经预告过了，拖拉机要装上自己拉来的那个巨大的铁铲，一铲子下去，够十几个人干上整整一天。

拖拉机的吸引力真是太大了，麻子想补偿一下村里孩子们，让他们坐一趟马车的心愿都不能实现了。他卸了马，把马轭和那些复杂的绊索收好，骑着青鬃马上山去了。这一上山，就再也没有下山。还是生产队的干部上山去看他，领导说："麻子还是下山吧，马已经没有什么用处了。"

他反问："马怎么就没有用处了？"

"有拖拉机了，有汽车了。"

"那这些马怎么办？"算上拉过车的马，生产队一共有十多匹马，"不是还要人放着吗？那就是我了。"

第一个马车夫成了机村最后的牧马人了。机村人对于那些马、对于麻子都是有感情的。他们专门划出一片牧场，还相帮着在一处泉眼旁边的大树下盖起了一座小屋，那就是牧马人的居所了。时间加快了节奏飞快向前，新人新事不断涌现。同时，牧马人这样的人物就带一点悲情，隐没于这样的山间了。隔一段时间，麻子从山上下来，领一点粮，买一点盐，看到一个人，他那些僵死的麻子之间那些活泛的肌肉上浮起一点笑意，细眼里闪烁着锐利的光，就算是打过招呼了。当马车被风吹雨淋显出一副破败之相的时候，他赶着他的马群下山了。每匹马背上都驮上了一些木料，他给马车搭了一个遮风挡雨的窝棚。

机村终于在短短时间里，把马车和马车夫变成了一个过去、属于过去的形象。这个形象，不在记忆深处，马车还停在广场边一个角落里，连拉过马车的马都在，由马车夫自己精心地看护着。马和马车夫住在山上划定的那一小块牧场上，游走在现实开始消失、记忆开始生动的那个边缘。

拖拉机的漆水还很鲜亮，那些马就开始老去了。一匹马到了二十岁左右，就相当于人的六七十岁，所以马是不如人禁老的。第一匹马快要咽气的时候，睁着一双水汪汪的大眼。麻子坐在马头旁边，看见马眼中映出晚霞烧红西天，当通红的霞光消失，星星一颗颗跳上天幕时，他听见马的喉咙里像马车上的绊索断掉一样的声响，然后，马的眼睛闭上了，把满天的星星和整个世界关在了它脑子的外边。麻子没有抬头看天,就地挖了一个深坑,半夜里,坑挖好了,他坐下来,抽起了烟斗。尽管身边闪烁着这明明灭灭的光芒,马的眼睛再没有睁开。他熄灭了烟斗,听见在这清冷的夜里,树上草上所起的浓重露水,正一颗颗顺着那些叶脉勾画的路线滴落在地上,融入了深厚而温暖的土里。深厚的土融入了黑夜,比黑夜更幽暗,那些湿漉漉的叶片却颤动着微微的光亮。

他又抽了一斗烟,然后,起身把马尸掀进了深坑,天亮的时候,他已经把地面平整好了。薄雾散尽,红日破空而出,那些伫立在寒夜中的马又开始走动,掀动着鼻翼发出轻轻的嘶鸣。

麻子下山去向生产队报告这匹马的死讯。

"你用什么证明马真的死了?"

他遇到了这样一个从来没有想到的问题。

"埋了?马是集体财产,你凭什么随便处置?皮子、肉都可以变成钱!"

他当然不能说是凭一个骑手、一个车夫对马的疼爱,他却因此受了这么深重的委屈。但他什么都不说,就转身上山去了。其实,领导的意思是要先报告了再埋掉,但领导不会直接把这意思说出来,领导也是机村人,不会真拿一匹死马的皮子去卖几个小钱。但领导不说几句狠话,人家都不会以为他像个领导。但麻子这个死心眼却深受委屈,一小半是为了自己,一多半还是为了死去的马和将死的马。从此,再有马死去,他也不下山来报告。除了有好心人悄悄上山给他送些日常用度，他自己再也不肯下山来了。

这也是一种宿命，在机器成为新生与强大的象征物时，马、马车成了注定退出历史舞台的那些力量的符号，而麻子自己，不知不觉间，就成功扮演了最后骑手与马车夫，最后一个牧马人的形象。他还活着待在牧场上，就已经成为一个传说。

从村子里望上去，总能看到马匹们四散在牧场上的隐约影子。那些影子一年年减少，十年不到，就只剩下三匹马了。最后的那一年冬天，雪下得特别大。一入冬就大雪不断。马找不到吃的，又有两匹马倒下了。那一天，麻子为马车搭建的窝棚被雪压塌了。当年最年轻力壮的青鬃马跑下山来，在广场上咴咴嘶鸣。

全村人都知道，麻子死了，青鬃马是报告消息来了。人们上山去，发现他果然已经死去了。他安坐在棚屋里，细细的眼睛仍然隙着一道小缝，但里面已经没有了锥子一样锐利的光。

草草处理完麻子的后事，人们再去理会青鬃马时，它却不见了踪迹。直到冬去春来，在夏天，村里有人声称在某处山野里碰见了它。它死了还是活着？活着？它在饮水还是吃草？答案就有些离奇了：它快得像一道光一样，没有看清楚就过去了。那你怎么知道就是青鬃马？我也不知道，但我就是知道。就这样，神秘的青鬃马在人们口中又活了好多个年头，到了"文化大革命"运动一来，反封建迷信的声势那么浩大，那匹变成传说的马，也就慢慢被人们忘记了。

水电站

他们真是些神气的家伙。

特别是在机村孩子们眼中,地质队的这些家伙比工作队还要神气。

工作队也很神气,但是,他们的神气是在眼睛里。他们脸上所有的部分都在笑,但眼睛里却满含着骄傲的神气。他们像军人一样背着背包,来到村子里,开过会后,又一一地分住到贫下中农的家里。他们说:"毛主席教导我们与你们同吃同住同劳动,与你们一起建设社会主义新农村来了。"

但地质队就不一样了。

他们自己带着一队骡子,驮着帆布帐篷,可以折叠的床、桌子和椅子,还有各种各样的尺子与镜子。他们出现了,看见机村这么大一个村庄,但就像没有看见一样。他们赶着驮着各种稀奇东西的骡子队直接就从村子中央穿过去了,对这么大个村庄视而不见，完全是一种见过大世面的样子。每次来的地质队都是这样，径自穿过村庄，一直往河的上游走，一直到转过山弯，把营地扎在比磨坊更远的林边草地上。不要看他们这些人大多都戴着眼镜，但他们什么力气活都会干。从林子里砍伐小树，扎成能撑起帐篷的支架。用铁锹在地上挖坑，转眼之间，里面就烧起火来，埋锅烧饭。有人甚至耐烦用斧子劈出一般高矮厚薄的白桦木桩子，做成漂亮的栅栏，把那几顶帐篷围在中间。这些事情，机村的男人都会，工作队的人是不大会干的，但这些人会。

还有一些就是机村人没有见过的了。他们伐倒粗壮的杉树，用粗壮的树干搭起一个结实的平台，在上面安装上一些机器。有点风尾巴就摇摇晃晃，风稍大点就滴溜溜转个不停的东西是风向标，用这东西是要看出风的大小与方向。他们还在一个箱子里装上一些漂亮的玻璃容器，每天，都有人爬到上面，在一个厚厚的本子上记下瓶子里装了多少雨水或露水。他们还把一把长长的铁尺插在水里，每天记录水涨水消时，贴着水面的尺子上的刻度。

然后，他们就上山下涧了。用锤子在岩石上叮叮当当地敲打，用不同的镜子去照远山、照近水。太阳好的时候，他们就把折叠桌子打开，铺开纸，把记在本子上的数字变成一张张线条上下不定、曲里拐弯的图。

他们就这样忙着他们的事情，对近在眼下的机村不管不顾。偶尔，伙夫会去到村里采购一点蔬菜或牛奶。

可能就是因为他们太神气了，在他们眼里机村就像不存在一样，大人们都尽量不到地质队扎营的地方去，也假装出一副视而不见的样子。但我们这些小孩子却是克制不住自己的好奇心的，我们总是偷偷溜到那里去，停停转转的风向标下面的营地净是新奇的事情。那些神气家伙，任我们聚在栅栏外面探头探脑。直到有一天，老师突然宣布，地质队邀请机村小学全体学生前去参观，并要为我们组织一个科学主题日。我们头一天得了这个消息，人人都念念有词：科学主题日，科学主题活动日。第二天，这个词在我们嘴里就很顺溜了。但是，老天爷呀，看看我们这群面孔脏污、衣衫破烂、乱发上沾着草屑与尘土的孩子吧，哪里有点能跟科学沾上边的样子啊！

但是，我们去了。老师让我们排成两列纵队，前面打着一面红旗。老师依然吹着他那只哨子，指挥我们迈出整齐的步伐：

一！一！一二一！

一！一！一二一！

他的哨子闪闪发光，哨声也一样闪闪发光。

开始的时候，我们的步伐是整齐的，整齐的步伐使弯曲的村道上扬起了尘土。可是，转过山弯，过了磨坊，看到地质队营地上飘扬着的那些彩色的三角旗后，大家的心立即咚咚乱跳，步伐立即就凌乱了。

地质队把总是半开的栅栏门完全敞开了，把一群小兽一样慌张而又激动的野孩子迎了进去。那天，我们看他们画图，看他们给岩石标本编号建档，学习使用那些不一样的尺子，学习辨识那些收集雨水的瓶子上的刻度。每一处地方，都有一个人出来讲解，但我必须说，光是可以亲手摸摸那些东西，就让我的心跃动不已，至于那些解说，我可一句都没听进去。最后，他们把折叠的桌子排成一溜，请我们坐下，桌子上面摆上了花生与糖果。除了特别馋嘴的人，大多数人都没有勇气把糖果上漂亮的玻璃纸剥开，把那甜蜜的彩蛋融化在嘴里。但是，我们出手的确是太快了。手从宽大的藏袍袖子里像蛇吐芯子又收回芯子一样，飞快伸出，抓到一颗糖果又飞快地缩回。糖果，像是一颗颗某种秘密的欣喜被藏进了袍子里。

　　那些人笑了，这种很平淡的笑容，让我们紧张激动的心情终于松弛下来。但是，到这个时候，科学主题活动日已经到了结束的时候了。

　　在老师的哨声中，我们排着队"一二一二"地迈着步子，离开了地质队的营地。当我们走到磨坊附近，队伍里突然有人哭了起来。为什么呢？没有拿到糖果吗？不，这个孩子哭着说，他们说的科学我一点都没有听懂。这一来，好几个孩子都被触动，都伤心地哭了起来。我也想哭，但我摸到了怀里揣着的糖果。我吃了一颗，立即，我就不想哭了。直到现在想起来，那一天的回忆仍是那么地甜蜜啊！

以后，不论我们什么时候出现在那里，地质队营地的栅栏门都会为我们而敞开。

这天晚上，每一个去过营地的孩子都给家人分发了糖果。我们还带回去了一个消息：地质勘探队要为机村设计一个水电站。

水—电—站！

水电站能让每一家人的房子都亮起电灯！

水电站能够让很多我们没有听说过更没有见到过的机器飞快地旋转！

那是来到机村的最后一支地质勘探队了。最初的那些地质勘探队，都是赶着骡队来的。后来，公路通了，有两支勘探队是开着自己军绿色的卡车来的。卡车停下来，和那些帐篷排在一起，也成为营地的一个部分。我们带回那个消息的第二天早上，地质队营里的栅栏外边就堆满了各家各户大人趁天没大亮送去的东西：白菜、萝卜、土豆、腌肉、新鲜牛奶，还有整捆的劈柴。那段时间，机村人与伐木场的关系非常紧张。机村人不高兴他们的斧锯那么快地吞噬着森林，所以，两边常常为一些鸡毛蒜皮的事大起冲突。这种冲突本是因树而起，至今还被描绘成汉人跟藏人的冲突。因树而起的冲突是可以消弭的，但一上升到两个民族的层面，就好像是与生俱来了。但是，工作队也是汉人为多啊！工作队没来以前，机村也是有汉人的。保管员杨麻子也是汉人啊，而肯为机村的孩子举办科学主题活动日的勘探队也是汉人啊，他们还要为机村设计水电站呢！

那支勘探队留给机村是多么美好的记忆啊！

他们把宽边的白色帽子背在背后，扛着仪器顺着河边往上游走出半里。在河边打上了几根木桩，又用红色油漆写上数字和字母。那是引水渠的进口。他们就在那里打开三脚架，支起科学的神奇镜子。他们用这些镜子去找另一些人从岩石边、从浅树林里伸出来的三角彩旗和可以伸缩的高高的尺子。然后，就把写着红色数字与字母的木桩一路钉进地里。当他们忙完了这些事，就回到营地里画图去了。这一天，机村人全体出动，沿着那些木桩芟掉荒草，砍去灌木与箭竹丛，在荒地中开出了一条笔直的通道。通道横行一段，马上急转而下，直跌到营地旁边的洼地上。大家都懂得这是一条水渠，机村的磨坊也是这样引水来冲转沉重的石磨的。勘探队的大部分人把收集的标本装箱，整整齐齐装上卡车，拆除那些测量风与水的仪器，只有几个人还在大张的纸上画图。他们弯着腰趴在桌子上，耳朵上夹着铅笔，手里拿着圆规与不同形状的尺子。

那天，机村的大人们也忘记了该要在这些神气的家伙面前保持自己的矜持，差不多都来到了勘探队的营地。勘探队的人并没有因此摆出要与机村人特别亲近的意思，他们自顾自忙着自己的事情。中午时分，最后一个帐篷拆下来，折叠好的帆布用结实的绳子捆扎起来，被抬上了车厢。卡车隆隆地发动起来。这时，机村的水电站在最后两张桌子上诞生了，一张桌子被叠起来装车。

机村几个头面人物围在最后那张桌子四周,听画图的人指点进水口的水闸,水渠后端的蓄水池,安装水轮机的泵井,泵井上面的房子和房子里的发电机。

原来,勘探队送给机村的是一座画在纸上的水电站。

勘探队的几辆卡车开远了,剩下机村人站在空空荡荡的营地里,面对这座纸上的水电站,弄不清自己的心情是高兴还是失望。

看人家那么利索、那么井井有条把个营地收拾得干干净净,机村人不得不叹服:"这些人他妈有资格神气。"

此外,他们就说不出什么别的感受了。

又过了三年,机村真的修起了水电站。而且,用的真就是勘探队留下的那套图纸,水电站安置的发电机房,就在原来的营地之上。而在旁边那个洼地上,被水轮机飞转的翼片搅得粉身碎骨的水,变成一片白沫飞溅出来。黄昏时候,发电员打开水闸,追着水渠里奔跑的水流小跑着回来,这时,水轮机飞转,皮带轮带着发电机嗡嗡飞转,墙壁上的电流表、电压表指针颤动一阵,慢慢升高。到了那个指定的高度,发电员合上电闸,整个机村就在黄昏时分发出了光亮。

从此,勘探队再也没来过机村。

那些穿着整齐、举止斯文又神气的人设计了这座电站,所以,机村人在下意识里就觉得,一定也是那样一种人才能让这座电站运转起来。所以,当村里的发电员穿着说不上多肮脏,但也绝对算不得干净整齐的袍子,用一双从来没有写下过一个字母的手合上了电闸,并把整个机村的黑夜点亮时,大家都有一种如在梦境的感觉。

这可真是有史以来,从未有过的光亮。

自愿被拐卖的卓玛

机村的女人，有好多个卓玛。走在林中小路的，是每天都高高兴兴、无忧无虑的这个卓玛。

卓玛走在春天的路上，林子密些的时候，路上晃动着一块块太阳的光斑，林子稀疏一些了，树上那些枝桠曲折的影子就躺在地上。她在路上走动，身上带着一股懒洋洋的劲头，那些光斑、那些阴影交替落在她身上。要是你在路上遇见了，她的屁股、胸脯，她那总是在梦境与现实边缘的闪烁眼神，会让你身体内部热烘烘地拱动一下。真的是春天了：什么都在萌发，在蓄积，在膨胀，都有些心旌摇荡。

一个屁股和胸脯都在鼓涌着什么的姑娘走在路上，万物萌发的山野在她身后展开，就像是女神把一个巨大而美丽的披风展开了拖在身后一样。卓玛不是女神，就是机村好多个卓玛中的一个，身上带着牛奶与炒青稞的味道，带着她在春天苏醒过来的身体的味道。林子里的小路曲折往复,总是无端地消失,又总是无端地显现。这样的小路并不通往一个特定的地方。走在路上的人,心里也不会有一个特别要去的地方。

卓玛和村里的女人们循着小路在林子里采摘蕨菜。

机村的树林曾经遮天蔽日,如今再生的林子还显得稀疏,树叶刚刚展开,轻暖的阳光漏进林中,使肥沃松软的土变得暖暖和和,蕨菜就从土中伸出了长长的嫩茎。过去,蕨菜抽薹时,人们也采一点来尝个鲜。那并不需要专门到林子里去,就在溪边树下,顺手掐上几把就足够了。这两三年,蕨菜成了可以换钱的东西。山外的贩子,好像闻得到山里冻土融解、百草萌发时那种醉人的气息,蕨菜一抽薹,他们的小卡车上装着冷气嗖嗖的柜子,装着台秤,当然,还有装满票子的胀鼓鼓的腰包就来到村前了。

幸好伐木工人砍了那么多年,没有把机村的林子砍光。幸好那些曾被砍光了的山坡,也再生出了稀疏的林子。林子下面长出很多东西:药材、蘑菇和蕨薹之类的野菜。现在到了这样一个时代,不知道哪一天,山外走来一些人,四处走走看看,林子里什么东西就又可以卖钱了。过去,机村人是不认识这些东西的。外面的人来了,她们也就认识了林子里的宝贝,还用这些东西赚到了钱。先是药材:赤芍、秦艽、百合、灵芝和大黄。然后是各种蘑菇:羊肚菌、鹅蛋菌、鸡油菌、青冈、牛肝和松茸。居然,草一样生长的野菜也开始值钱了。第一宗,就是蕨薹。将来还有什么呢？女人们并不确切地知道。但她们很高兴做完了地里的活路，随便走进林中，就能找到可以赚钱的东西。男人们呢？伐木场撤走了，他们拿着锯子与斧子满山寻找生长了几百年的大树，好像他们不知道这山上已经很难找到这样的大树了。更重要的是，砍木头换钱还是犯法的。但是，男人们就喜欢挣这样既作孽又犯法的钱。即使盗卖木头的时候没有被警察抓住，这些钱也回不到家里来。他们会聚集在镇上的饭馆里喝酒，然后闹事，最后，灰溜溜地蹲在了拘留所里。女人们不懂男人们为什么不愿意挣这稳当的钱。卓玛却不必操心这样的事情。她的父亲年纪大了，已经没有四处闹腾的劲头了。卓玛也没有哥哥与弟弟。两个姐姐一个已经出嫁，一个姐姐生了孩子，也不急着要孩子父亲前来迎娶。这些年的机村，没有年轻男人的人家里倒可以消消停停过点安稳日子。

卓玛走出林子的时候比别的女人晚了一些，不是她手脚没有人家麻利，而是这阵子她常常一个人出神发呆。蕨薹采得差不多了，她坐下来，用抽丝不久的柔嫩柳条把青碧的蕨薹一把把捆扎起来。捆一会儿，她望着四周无名的植物发一阵呆，不知哪一天，其中一样就有了名字，成了可以换钱的东西。想着想着，她自己就笑了起来。刚收住笑，心中空落落的感觉又出现了。

这东西，像一头小野兽蹲在内心某个幽暗的角落里，只要稍一放松警惕，它就探出头来了。卓玛不喜欢这个东西，不喜欢这个感觉。自从这东西钻进了心头,就再也赶它不走了。

卓玛摇摇头,说:"哦……"那鬼东西就缩回脑袋去了。

她把一捆捆的蕨薹整齐地码放在背篓里,循着小路下山。走出一阵,忍不住回头,要看那小兽有没有从树影浓密处现身出来。其实她知道,小兽不在身后,而在心头。林子下方,传来伙伴们的谈笑声,还有一个人喊她的名字:"卓玛!"

她没有答应,停在一眼泉水边上,从一汪清水里看着自己。以水为镜,从那张汗涔涔的脸上也看不出心里有什么空落落的地方。女伴们叽叽喳喳地走远了。她加快了脚步,不是一定要追赶上女伴们,再晚,收蕨薹的小卡车就要开走了,但她在路上还是耽搁了一些时候。她在路上遇到了喜欢她的一个小伙子。

刚刚走上公路,她就看见那个小伙子耸着肩膀,摇晃着身子走在前面。小伙子们无所事事,在山上盗伐一两棵木头,卖几百块钱,在镇上的小饭馆里把自己灌醉,然后,就这样端着肩膀在路上晃荡。这是故意摆出来的样子,小伙子们自己喜欢这种样子,而且互相模仿。这是喝醉了酒的样子,显示出一种满不在乎的态度的样子。但他们怎么能对什么都满不在乎呢?比如,当他们面对卓玛这样身材诱人的姑娘时。这个人一直懒洋洋地走在她前面,意识到身后林子里钻出来采蕨薹的卓玛姑娘时,他把脚步放得更慢了。虽然心里着急,但卓玛也随之放慢了步子。但是,那家伙的步子更慢了。于是,卓玛紧了紧背在身上的背篓，在道路宽阔一些的地方，加快了脚步要超过他。

这时是中午稍过一点，当顶的太阳略略偏向西方，背上的蕨薹散发出一股热烘烘的略带苦涩的清香气息。卓玛低下头，急急往前走，没看那个人，只看到自己的影子和那个人的影子并排了，然后，自己的影子又稍稍冒到了前面。

这时，那人开口了："嗨！"

卓玛就有些挪不动脚步了。

小伙子从怀里掏出了一大把糖，他拉开她长袍的前襟，把那一把糖塞进了她的怀里。他有些羞怯地避开了她的眼睛，但手还停留在袍子里，放下糖果后，有意无意地碰触到了她的乳房。

卓玛姑娘有些夸张地一声惊呼，那只手就从她袍子里缩了回来，卓玛却又咯咯地笑了。小伙子受到这笑声的鼓励，手又直奔她的胸脯而去，但卓玛笑着跑到前面去了。两个人这样追逐一阵，看见收蕨菜的小卡车停在溪边树冠巨大的栎树下面，小伙子就停下脚步了，他在身后大声说："晚上。记住晚上。"

来到流动收购点跟前，站在浓密的树荫下，胸脯上火焰掠过般的灼热慢慢消退了。先到的女人们正在说些愚蠢的话来让老板高兴，比如对着装在车上的台秤，说那是一只钟，不是一杆秤之类的疯话。只要老板笑着说一句"你们这些傻婆娘"，她们就疯疯癫癫地笑起来，然后回骂："你这个黑心老板。"

"我黑心？遇到黑心的家伙把你们都弄去卖了！"

"卖人？！"

老板作一个怪相，"不说了，不说了，要是有人真被人拐了，人家还疑心到我头上！我可是正经的生意人哪！"

这下，机村的女人们就真是炸锅了。不光是林子里越来越多的东西可以买卖，连人都是可以买卖的。

卓玛说话了，她说："那就把他们卖了！"

"他们？"

"偷砍树的男人们，有了钱就在镇上喝光的男人们！"

她一说出这话，就好像她真的把那些讨厌的家伙都卖掉了一样。好些人都从她身边躲开了。

只有老板重重地拍拍她的屁股："屁，谁买男人？人家要的是肉嘟嘟的女人。"

说笑之间，老板就付了钱，把蕨薹装进冷气嗖嗖的柜子里，约了明天的时间，开车走了。女人们又在树荫下坐了一阵。那个男人一离开，女人们就安静下来了。最后，还是卓玛开了口："你们说，真有人要买女人吗？"

没有人答话，坐着的人深深地弯下腰，把脑袋抵在膝盖上摇晃着身子，和卓玛一起站着的人都皱起眉头看着远方。远方不远，三四列青翠山梁重叠在天空下。在最淡远的那列山梁那里，天空上停着几朵光闪闪的云团，视野在那里就终止了。卓玛去过那道山梁，下面山谷里，就是离村子三十多里的镇子——过去的公社，今天的乡。从山上望下去，镇子无非就是簇拥在公路两旁的一些房子。一面红旗在镇子中央高耸的旗杆上飘扬。那些房子是百货公司、邮政局、照相馆、卫生院、补胎店、加油站、旅馆、派出所、木材检查站、录像馆和好几家代卖烟酒的小饭馆。镇子对机村多数人，特别是女人们来说就是世界的尽头。再远是县，是州，是省，一个比一个大的城市，直到北京，然后就是外国了，一个比一个远，但又听说一个更比一个好的国家了。就这么沉静地望着眼前青碧的山梁时，卓玛心头涌上了这些思绪，跟着大伙往村里走时，人如大梦初醒一样有些恍然。

她从怀里摸出一颗糖来，塞进嘴里，满嘴泅开的甜蜜让她想起了那个小伙子，但随即她就被呛住了。糖里面包的是酒！而她讨厌酒。她把包着酒馅的糖吐掉了，紧走几步追上了回村的队伍。

家里人都下地干活去了。向西的窗户上斜射进来几缕阳光，把飘浮在屋子里的一些细细的尘埃照亮了。那些被照亮的尘埃在光柱里悬浮着，好像在悄然私语一样。卓玛掏出今天挣来的钱，把其中的二十块钱放进全家人共用的那个饼干筒里。剩下的三十块钱，她带回自己的房中，塞到了枕头里面，然后，躺在了床上。她小房间的窗户朝向东南边，这时不会有阳光照射进来。但她躺在床上，眼光从窗户里望出去，看到一方空洞的蓝汪汪的天。她躺在床上，解开袍子的腰带时，怀里揣着的那些糖果都掉在了床上。她塞了一颗带酒馅的糖在嘴里。

这回，甜蜜的表层破开后，里面的酒没有呛着她。细细的辛辣反倒使口中的甜蜜变得复杂起来，就像她被腰带拘束着的身子松开了，有点骚动，更多却是困乏。她吃了一颗，又吃了一颗，吃到第三颗时，她警告自己不能再吃了。

但警告无效，最后，当窗户里那块蓝汪汪的天空变成一片灰白，黄昏降临下来的时候，她的脑袋在嗡嗡作响，一直都困乏而又骚动着的饱满身体从意识里消失了。

卓玛带一点醉意睡着了。

家里人从地里回来，母亲进来摸摸她的额头，说："有点烫手。"然后，去菜园里采了几枝薄荷等她醒来熬清热的水给她喝。姐姐看到了她放在饼干筒里的钱，对父亲说："还是养女儿好，不操心，还顾家。"

父亲抽他的烟袋，并不答话，心里并不同意女儿的说法。不操心，你不把自己嫁出去，还弄个小野种在屋里养着，敢情你妹妹倒成了他爸爸？但老头子没有说话。

晚饭好了，卓玛没有醒来。那个给了她酒心糖的小伙子在窗外吹响约会的口哨时，卓玛还是没有醒来。她做梦了，先是在林子里踩着稀薄的阳光在采蕨薹，然后，一阵风来，她就飘在空中了。原来，是她自己飞了起来。她就嗖嗖地往前飞，飞过了村子四周的庄稼地，飞过了山野里再生的树林，飞过了山上的牧场，然后，就飞过了那个镇子。嗖嗖地越飞越快，越飞越快，最后，自己都不知道飞到了什么地方。正在慌乱的时候，她醒了过来。这时，已经半夜了，窗口里那方天空有几颗亮晶晶的星星在闪烁。她躺在床上一动不动，努力回想梦中的情景，但她并没有看清什么景象。只有身子像是真被风吹了一样，一片冰凉。一颗热乎乎的泪水从眼角漫出来，滑过了脸颊。她自己想起了一个比方，这颗泪水，就像是包在糖里的那滴酒一样。

她脑子不笨，经常会想出来各种各样的比方。

卓玛翻身起来，从枕头里掏出了一小卷一小卷的钱，一一数过，竟然有两千多块。她把这些钱分成两份，一份揣在自己身上，一份装进了家里公用的饼干筒里。早上，和平常一样，一家人一起吃了饭，她就背上采蕨薹的背篓出了门。母亲说："再晚一点，等太阳把林子里的露水晒干了。"

她只笑了笑，就下楼出门去了。卓玛这一走，就再没有回来。后来的传说是，她让那个收购蕨菜的老板把她带走，在远处卖掉，她自己还得到了出卖自己的三千块钱。其实，这时的机村人并不那么缺钱，至少并不缺那么三五千块钱。那她为什么要把自己卖掉，那就问谁都不知道了。

机村人大多对这样的问题不感兴趣，他们更愿意议论的是，她到底把自己卖给了一个什么样的人，在一个什么样的地方。

少年诗篇

被处置过的田野是蓝色的,我疾速行走。

——杜·布舍《白色的马达》

外　公

外公并不真是丹泊的外公。那时丹泊年少,他上头的哥哥和表姐这么叫,他也就跟着这么叫。

外公是被强制还俗的喇嘛。他和自己以前的弟子——丹泊的舅舅住在一起。弟子把四体不勤的老人供养起来,并把称谓从师傅改为舅舅。这样,丹泊就有了个外公。

舅舅做喇嘛太久,不会农活,就给生产队放羊。

丹泊记事时，外公就已经是很老的样子了。在居里日岗，这个翠绿山林包围着的村子里，说一个人老了就意味着皮肤渐渐有了檀木或是黄铜的质感。那些三十岁上下就开始堆积在脸上的皱纹也渐渐舒展。当一个人是僧侣时，老去的过程就更该是这样。在这个过程中，身躯也会慢慢缩小，性情变得天真而和善。丹泊知道外公时，老人就已处于这个过程当中，好像就是要把一个人从小到大的肉体的历史倒过来演示一遍。这样，死亡到来时，也不像死亡，只当世界上未曾有过这人一样。

有时，看着盘腿坐在阳光中的老人，连呼吸的声音都听不到。丹泊就赶紧叫唤："外公，外公。"老人的眼睛又会放出一团豆粒大小的光芒。

在村里，有着这种看似复杂，实际上却简单自然关系的并不只此一家。这时正是夏天，蓬勃的绿色使寂静丰盈而且无边。舅舅在花园的木栅亭边，倚着三株苹果树用柏木板搭了个平台。天气晴朗时，外公就终日坐在上面，树影和日光在身上交替。花园外边是大片麦地。中间一条大路，过了河上的木桥，路盘旋着上山。顺着外公的目光，可以看得很远，看到路给阔叶的树林吞没。这一带的山间，阔叶林和针叶林之间往往有大片陡峭的草地。

那些草地正是舅舅放羊的地方。

这个时期正是书上说的新西藏成长的时期。居里日岗村行政上属于四川，给人的感觉却还是西藏。丹泊在这个时期长大，比起前辈多点和天地万物息息相关的感觉也再正常不过。村子里已经有了一所国家办的初级小学，一座小水电站。冲动水轮泵和冲动磨坊巨大木轮的是同一条溪流，建电站时，小学生们每人背一条口袋排着队，唱着歌去参加劳动。

路上，经过一所孤独矮小的房子，学生们的声音就变小了。孩子们好奇又害怕。这里住着一个从麻风林痊愈归来的女人，村里给她单独修了一所房子，单独弄一块地不和村里那几百亩大的地相连，还给她一头奶牛。听到歌声，女人就带着一脸笑容到路边来瞧。孩子们口袋里装着拌水泥的河沙，害怕却又跑不动。就把队伍排得更加整齐，大声地唱：

"单干好比独木桥，走一步来摇三摇！"

沙子送到工地，就放学回家。丹泊回家，都要先经过外公的房子面前。等他走近时，外公的眼睛就已经笑到没有了，一个沉沉的白银耳环吊得耳垂和耳朵要分家了似的。

"外公！"丹泊大叫。

外公就从怀里掏出一块冰糖。外公的羊皮袄里总有一块冰糖。上面沾满了羊毛。丹泊不在乎这个。他吃到的东西总是沾有羊毛：麦面烧的馍馍、手抓肉、奶酪，村里有一句新产生的俗谚："藏人肚子里有成团的羊毛，汉人胃子里有成块的铁。"小学的汉语老师炒菜铲饭，经常把锅刮出刺耳声响，因此就有了这种说法。

丹泊把冰糖塞到口中，先尝到的是羊皮的味道和老人皮肤的味道,然后才尝到甜味。丹泊就又甜甜地叫一声:"外公!"

外公并不说话,偶尔伸手摸摸他的脑袋。更多的时候,他把屁股下的羊皮垫子让出一点,叫外孙坐下,和他同看羊群下山。有时,丹泊就趴在那平台上做作业,外公就会拿过铅笔来,舔舔黑黑的笔芯,神情就好像他不曾是学问深厚的喇嘛,不曾用过笔一样。

丹泊一直以为外公是什么都不做的。

第一次看到外公做事,是藏历鬼节。

这天,母亲避开父亲交给丹泊一个口袋,叫他送到外公那里。平常母亲总要给外公送些吃的东西,也都是背着父亲的。父亲是积极分子,不喜欢舅舅和外公一类的人。父亲会愤愤地说:"寄生虫还在寄生!"鬼节的早上露水很重,丹泊把一串湿脚印留在了干燥的门廊上。

丹泊大叫一声,回答他的是一串铃声叮当。外公家平常上锁的耳房打开了,里面灯光闪烁。外公坐在一排灯盏前,一手摇铃,一手摇动经轮,在大声诵经。丹泊长大的年代,这一切都在禁止之列。眼前的情景,给他鬼祟恐怖的感觉。他退出那房子,只希望留在地板上的湿脚印快些消失。到了外面,丹泊打开口袋,里面是面粉和着酥油捏成的猪头牛头一类狰狞的东西。跑到家门口,他就放声哭了。

母亲说:"这些都是送给你真正外公外婆的东西。我们送不到,只有外公能够帮忙。"

说着,母亲也嘤嘤哭泣起来。那声音,像是一群金色蜜蜂的歌唱。

这几天上山割草,丹泊就把这件事告诉了表姐。

表姐说:"小声。"

她说:"小声。鬼听到了,要去抢外婆的东西,那些饿鬼。"

丹泊往四周看看,只见树下一团团阴凉,一只只蝴蝶在其间来回飞翔。往后,一有人提到鬼,丹泊就想起很美的林间空地:幽寂、封闭,时间失去了流淌的方向。在他的周围,父亲正确但高高在上;母亲亲切、唠叨,见识却一塌糊涂,所以,一个漂亮清新的表姐对他就十分重要。

表姐还告诉他说舅舅要走了,去一个很远的地方。

"干什么?"

表姐说:"你不懂,他是去看一个人。"

"那我就懂了,他是去看一个女人。"

表姐只大丹泊一岁,平常总是做出大他十岁的样子。丹泊对着表姐挥动镰刀的背影,大声问:"那谁去放羊?"

表姐头也不回,说:"外公!"

丹泊就大笑。笑得在草丛中不停地翻滚。他不相信整天坐着、小眉小眼的老头能上山放羊。可舅舅牵了一匹马,真的就走了。送走出远门的人,丹泊就等在羊栏边上。一顶毡帽在雾气中慢慢飘来。终于,帽子下的脸也清晰了。是外公!那张光滑的脸上又有了深刻的皱纹。他带了抛石器，还把一把长刀横插在腰间。他说："嘀，看我这个喇嘛还从来没有这样威风过呢！"丹泊知道外公身上有不对劲的地方，却又说不出不对劲在什么地方。以前，在寺院，他只管供佛参禅，尊比贵族。还了俗，也由以前的徒弟供养，并没有真正劳作过一天。现在，徒弟因为一个神秘女人去了远处，外公这才算是真正开始了还俗的生活。

羊群拥出圈门时，外公肯定眼花缭乱。真正的牧羊人能把这开了闸的水一样外泄的羊数得一清二楚。早上一次，晚上归圈时再数一次。外公的目光要么被一只羊拖出老远，要么一只羊也没有抓住。还是丹泊告诉他："一百三十二只。"

外公擦一把汗，笑笑，说："我还以为是一百零八，一串念珠的数目呢。"

他还伸手到以前揣冰糖的地方摸索一阵，说："我没有冰糖了。"羊群走出老远，还听得见他不必要地大声吆喝，把抛石器摔得噼啪作响。

丹泊对母亲说："我以为外公要死了，结果却能上山放羊。"

"他大半辈子都享福，六十多岁上头，却不敢老了。"母亲又盼咐放了学跟表姐上山去接外公。

下了课丹泊不等表姐，立即飞奔上山。很快，羊群就出现在眼前。看见外公端坐在草地上，又变成了那个一尊小菩萨像般的模样。

丹泊走到外公面前，看见他的嘴飞快地蠕动，就问他吃的什么。外公一笑，说："啊，刚当喇嘛时背熟的经文。"

丹泊问外公："你看到过鬼？"

外公却摸摸他的头："你十岁，你的眼睛没有看到过鬼。"

"那你鬼节时念经，给死人送吃的东西。"

老人脸上就现出很忧伤的那种动人神情，说："你叫我怎么样给你说呢？"

一声响亮的撞击打断了老人和孩子的交谈。这在羊群中是一种常见的事情。

一只年轻的公羊向头羊的地位发起挑战。

头羊兀立不动，双角粗大虬曲，胡须在轻风中飘拂。年轻的公羊一步步后退，退到很远了，然后向前猛冲。两个羊头撞在一起时，震得人心在胸膛中摇晃。

几下撞击过后，两个羊头都已鲜血淋漓。又一声响亮的撞击过后，外公张开嘴，孩子一样哭泣起来，露出一口整齐的白牙。外公的哭声有点像母亲的叫声。他哭一声，然后住了声听那一记要命的撞击，然后再哭一声。这一切加起来，就有了一种游戏的味道。

有一下撞击使得年轻公羊半只角折断，旋转着升上天空。

外公不哭了。他挥舞着带着木鞘的长刀冲到两头公羊中间。他用刀鞘敲击羊头："退开！我要杀死你了。再打我喇嘛要开杀戒了！"

只在鲜血淋漓的羊头上敲击几下,杜鹃花木做成的刀鞘就裂开了。两只羊不要外公继续威胁,就停止打斗了。断了角的挑战者退到远远的地方。

头羊依然兀立不动。

外公喘着气说:"我打赢了。"他看看刀上的血,厌恶地说,"天哪,拿到我看不见它的地方。"

头羊依然兀立不动,直到背后的天空开始出现绚丽的晚霞,羊群里响起呼儿唤母的咩咩声,它才往山下走,整个羊群跟在它后边,秩序井然。

下山的路上,丹泊看见麻风女人在树丛中窥探,就对外公说:"我看见鬼了。"

外公说:"六十岁的眼睛都不敢说看见,十岁的眼睛晓得什么!"

回到家里,他对母亲说:"我看见鬼了。"

"娃娃家,不要乱说。"

父亲对母亲说:"看看你们一家子,尽教我儿子些什么。"

舅舅没有在预定的时间回来,他是去了以前当和尚时寺庙附近的一个地方。所以,父亲说起舅舅时总是说:"哼,那个骚和尚,可能给一条母狗咬了吧。"

倒是外公越来越像个牧羊人了。羊群漫过木桥时,他把桥板踩得哐哐作响。表姐和丹泊都发现外公的身材比舅舅还高大。短短几天,还俗的老喇嘛又是村里那种终日辛苦劳作的壮年男子了。星期天，丹泊要去放羊，表姐说："放心好了，他行。我还是带你去割草。"

割了草，背到房子后边大杉树上搭着的架子上晾好，两个人就在宽敞的木架上躺下。鼻子里立即就充满了松脂和干草的味道，丹泊就说表姐你变成一把干草了。

"放屁，我是人，不是干草。"

"那你的手、耳朵，怎么都是干草的味道。"

表姐就咯咯地笑起来："不要脸，我要告你。"

丹泊问舅舅为什么要去那么远的地方找一个女人。

表姐说："以前他们就好了，可外公不准。现在外公准了，当然就去接她了。"

丹泊就说："哦，舅舅硬是个骚和尚。"

表姐就说："呸，不要脸，我要告你！"

丹泊不晓得她要告自己什么，他不晓得的事情还多。不久，他就在干草香味中睡着了。表姐掏出镜子，把桦树皮卷成的圆筒在新穿的耳洞里塞好。在村里一批同样大的孩子中，她有最勤快能干的称誉。丹泊读书最行那更是全村公认。现在，她忍不住就用镜子接了阳光去晃表弟的脸，他却熟睡不醒。再后来，镜子里就没有太阳了，天边乌云汹涌而来。她赶紧把表弟摇醒，喊他一起去接外公。话音刚落，一个炸雷就嚓啦啦打了下来。

雷电惊动了羊群，这些胆怯的生灵就往草地边缘的林中奔跑。在这里，所谓放羊，就是将其拦住，不要进入危险四伏的森林。外公展开双臂，站在林边，风把他的吆喝声堵在了嘴里，风还使他的衣衫飞扬。这个以前绝不会为生计操心的人，不像是在拦羊，而像一只拼命挣扎却飞不上天空的大鸟。还是表姐和丹泊在空中把绳子抽得一声声炸响，才把羊群聚拢，驱赶到一个背风的低洼地方。夏天的暴雨在这时猛然倾泻下来，天色暗得像是夜晚，一道闪电把羊群照成蓝色。他们站着，守护着羊群，雨水从头到脚，鞭子一样抽打。

一场暴雨转瞬即逝。

乌云挟带着雷声滚动到别的地方，一道彩虹悠然出现在天地之间，羊们抖抖身上的雨水，更加纯净地散开到草地里去了。

表姐和丹泊也学着羊的样子甩一甩头，脸上的雨水就没有了。外公的光头上没有什么能够停留，他说："我怎么这么没用啊。"脸上就有一串稀疏的水滴往下，往下，闪动着银子那样的光泽。丹泊就知道，外公又哭了。

丹泊就对表姐说："还像个娃娃一样。"

表姐一变脸，对他现出很多的眼白，说："走。"

他们就走开了。在林子边的灌木上把湿衣服铺开。不一会儿，外公自己过来了，身上的湿衣服上雾气蒸腾。老人把手伸进怀里，问："两个娃娃吃不吃冰糖？"

表姐说："让我想想。"

丹泊说:"吃喇嘛的糖阿妈要骂我。"

外公的手从皮袍里抽出来,空空如也,只有手指上沾了几根羊毛。外公哈哈大笑,说:"天哪,冰糖全部化了!"

表姐就说:"外公会放羊了。"

外公皱皱鼻子,丹泊以为他又要哭了,却听见他说:"你们舅舅就自由了。"

这句话,有点像民间故事中某种魔法解除时人们的言辞。或者是解除魔法的人说:你自由了;或者是被解脱的人说:我自由了。而丹泊少年时经历的这个故事却仅仅只是一个喇嘛还俗的故事,一个平心静气等待死亡的人重新投入生活的故事。

太阳慢慢晒干了他们的衣裳。外公问:"丹泊,你能教我做一个刀鞘吗?"

"我问了我阿爸再告诉你。"

外公说:"那我还是去向他讨教吧。"

表　姐

表姐是亲的。她后来嫁给了一个打猎好手。

这个人因为猎取国家二级保护动物被判了两年徒刑,出狱后就变成个游手好闲的无赖。丹泊也已经是个武警上尉,正和驻地县政协主席的女儿恋爱。他领导的中队有些拳脚好的战士不愿意回农村,退了伍就被安排到县城的治安联防队收拾酒鬼和小偷一类人物。丹泊在县城街上遇到再没有干草香味的表姐,她说男人又跑了。丹泊上尉给表姐背上那个娃娃二十元钱,就到联防队叫一个以前的部下出来,问认不认识某某人。回答说昨晚上还喝醉了在馆子里发疯呢。丹泊就吩咐,给老子把屎给他打出来,叫他不敢进城瞎逛,但不准打死打残。

昔日的部下一个立正,说:"保证完成任务。"

"我 × 你妈!"上尉骂一句,自己也笑了起来。上尉去会女友。穿过大街上一团团槐树阴凉,心里颇不平静。

表姐让他想起了少年时凄楚又美丽的日子。

那阵的表姐也不是如今这个样子。

舅舅是冬天回来的。那时,外公的羊已经放得很好了。那天下了大雪。他伏在屋顶上,端着父亲的猎枪瞄准雪地里觅食的野鸽群。瞄准了,抬头一勾,枪机就咔嗒一声脆响。

丹泊的枪里没装子弹。

一只狐狸不知从什么地方钻出来,窜进了鸽群,却一只也没有扑到。鸽群惊飞起来,在天空中盘旋。一会儿窜进阳光变成明亮的快乐音符,一会儿又没入浓重山影。丹泊对着狐狸大笑一声:"哈哈!"

狐狸坐在雪地里往天上张望。一张口,发出一声狗一样尖细的吠叫。

这时，有人从另外的地方向大胆的狐狸开了一枪。狐狸舒展开身子，弹射到空中，又慢慢落到雪地上了。

丹泊欢呼一声，扔了手中的空枪往楼下冲去。他要趁狐狸身体还温热的时候，摸一摸它的耳朵和尾巴，这样就可以说是触摸过活着的狐狸了。他向狐狸跑去的时候，还看见外公和表姐在远处，背着干草走向羊栏。他把眼睛转向狐狸时，干草上残留的夏天青翠的颜色还在眼底存留了一会儿。

孩子把手伸向漂亮的，委垂在白雪中的狐狸尾巴。

狐狸却猛蹬一双后腿，在他眼前扬起一片雪雾。等到丹泊把眼睛重新张开，就没有了狐狸火苗样抖动的身影，只有一片空旷明亮的雪原了。

"狐狸总是这样的。"

舅舅就站在了他面前！他在远行了半年，把外公变成了一个合格的牧羊人后又回来了，而且形象大变。他那和尚的秃头上蓄起了长发，脸上有了一道使他显得威武的狭长刀疤。手里居然提着一支枪，枪口还往外冒着硝烟的味道。

"是你开的枪？！"

"我的枪法还不好。"

丹泊就问："表姐说你的马会驮回来一个女人？"

舅舅脸上那道伤疤动了动："我的马背是空的。她骑了另外一个人的马。"

丹泊就不知道该说什么了。

还是舅舅又说:"鸽群又飞回来了,想开一枪吗?"

丹泊就对着天上盘旋的野鸽群开了一枪。这是他平生开的第一枪,并且叫后坐力蹾翻在地上。

舅舅就经常带丹泊上山打猎,可他外甥不喜欢这种活动,还俗和尚就又在孩子群中物色了一个小伙伴,就是这个人后来成了表姐的丈夫。

丹泊问表姐:"舅舅怎么比最好的猎手克珠还喜欢打猎?"

表姐说:"外公不肯把羊群还给他放。"

那时,外公的头上也长起了硬硬的花白头发,舅舅就下地学做农活,空下来就上山打猎。表姐还告诉丹泊:"那个女人变心了,跟别的男人跑了。你晓得女人变心是什么意思吗?"

丹泊想想,说:"就像你本来跟我割草,后来又跑去跟别的男人割草一样?"

"呸!"表姐啐他一口,"你一小娃娃算是男人吗?"

这年夏天,表姐就已经十二岁多了。

丹泊就说:"那我娶你。"

表姐揪住他头猛摇几下,然后腰里缠了绳子,手里提了镰刀上山割草。又一个夏天绿草在风中翻滚,银色的波浪一下下波动到很远的地方。草很汹涌,拍击着小孩子的小小心事和一点甜蜜的惆怅。

那个麻风女人在他们平常割草的地方割草!

如果世上真有鬼魂,那么,这个女人就是丹泊心目中的鬼魂。她在整个村子的生活之外，但又若隐若现，确实存在。就像死人一样，以前也是村子的一员，从被送进人民政府的麻风医院时就算死了。这个女人却又十分美丽。

丹泊问："她还要割草？"

表姐说："咦？她没有奶牛？"

丹泊还想说什么。

表姐就竖起指头说："嘘！"两个孩子就看女人割草。

那女人挥舞镰刀的姿势是多么柔软而优美啊。大片大片的青草倒伏在她的脚前。女人割草的地方在一条小路边上。这条路是舅舅上山打猎的必经之路。舅舅上山时，做出谁也没有看见的样子。麻风女人注视着猎人的背影。这身影消失后，她也就收了镰下山去了。

丹泊说："她连一根青草都不带走，又割草干什么？"

表姐说："她想偷走一个男人的心。"

丹泊把这话告诉母亲。母亲就说："你表姐能干懂事，我喜欢她。"母亲还说，"不知我有没有那个福气。"

这话，丹泊已在磨坊守夜时，讲给舅舅和表姐听。舅舅端着茶碗大笑。这时，舅舅已经跟那个麻风女人来往了。人们告诫他那样的人不可接近时，他脸上的伤疤抖动了一下，说："共产党把我们这些人也都换了一遍，还有一个病人会医不好？"这句话一段时间就成了工作组收集到的新格言。在各种说明反封建成果的文件、汇报、总结中一再引用。舅舅并不知道自己还了俗之后在语言上有如此造就，但他知道自己需要粮食和女人。他把两袋麦子放在毛驴背上，又在挎包里装上铁錾、木槌、肉干和一点点淡酒。他又把两床牛毛毯子绑在丹泊身上，说："伙计，我们走吧。"

丹泊说："我去叫表姐。"

表姐来了，对舅舅吐吐舌头。舅舅就在毛驴屁股上猛拍一掌："走吧，伙计。"

一路上，表姐喋喋不休："舅舅，外公怎么不要你放羊了？"

"你打猎的时候看见路边有个割草的吗？"

舅舅就说："女孩子家，耍弄舌头。"

表姐就又把舌头吐了出来。

而磨坊所在的地方是多么地美丽！好像清澈的水流把夏天的绿意与阳光全部带到了这里。水闸那里，晶亮的水高高飞溅。表姐用箭竹扎成扫磨坊，舅舅用绳子一头拴在腰上，一头拴着石磨，从台子上卸下，挪到阳光里。山谷里，响起木槌敲击铁錾的声音。舅舅要用大半天时间才能给石磨开出新齿。丹泊把毛驴拴在有大片树荫的地方。表姐拉着他钻进树林捡柴火。夏天，树林里干柴不多，加上沿着溪流的草地上到处是成熟的草莓，他们在林子里耽搁了不少时间。

麻风女人也到了磨坊边上。她坐在地上纺毛线，手中的纺锤不断旋转。舅舅在给石磨开齿。两人中间隔着很大的一片草地。草地上点缀着细细的草莓花。麻风女人看见两个孩子时，笑了一笑。丹泊和表姐也仔细端详这个女人。这女人很美，而且不像人们传说的那样没有眉毛和手指。表姐就对那女人勉强笑了一笑。她又踢丹泊一脚，表弟也迫使自己挤出一个笑容。放上柴禾时，表姐就问："我是不是笑得太难看了。"

"你本来是笑得好看的。"

表姐却很夸张地惊叫起来："天哪！我怎么会对她笑呢？她是那个女人啊！"

"你笑都笑了。"

"你也笑了！糟了，我们不该给她笑脸！"两个孩子绷着脸来到舅舅身边坐下，弄得舅舅也不自然了。起初，他们都尽力不去看那女人，最后，还是表姐忍不住率先看了。女人又给他们一脸美丽的笑容。丹泊和表姐也都笑了，而且笑得相当自然。到太阳下山的时候，女人就起身离开了。身影浸入林中时，歌声又飘了过来。

丹泊看见表姐对自己眨眨眼，问舅舅说："歌声好听吗？"

舅舅也对丹泊眨眨眼，回答道："我只听见死女子说话，没有听见死女子唱歌。"他吭哧吭哧把石盘挪进磨房，再用劲挪到下扇上扣好，把一袋麦子倒进小牛皮缝成的料斗。大叫一声："开闸！"

丹泊在外边一按杠杆，闸板就升了起来。水顺着陡峭的枧槽冲转了木轮。丹泊从进水口冲进磨房，这里石盘刚刚开始转动,一截系在料斗上的木棒斜靠在石磨上,借此把振动传到料斗。麦子就一粒粒从倒悬的小牛皮袋口中落到磨芯里。等到两扇石磨间开始吐出面粉时,天就黑下来了。

表姐坚持要把火烧在外面的草地上,吃饭也要在外面的草地上。她说:"不然,到磨坊上来还有什么意思。"

舅舅就把火烧在外边。

吃完饭,表姐要在露天里睡觉,舅舅从磨坊里搬出干草铺在地上,两个孩子和衣在干草上躺下。给他们盖上牛毛毯子后,舅舅就进磨坊睡觉去了。

表姐恶狠狠地说:"把靴子脱掉!"

两双小赤脚碰在一起,表姐就咯咯地笑了起来。

现在,整个夜晚就在他们的四周了。天空那些明亮的星星后面原来还有那么多更小更密的星星啊。在哗哗的水声中,星星们似乎旋转着缓缓流动了……

丹泊睡着不久,又被表姐弄醒了。表姐说:"看。"

朦胧中只见一个高大的身影出了磨房,小心绕过他们干草的地铺,顺着月光下发白的小路走了。他去的方向是下午女人离开的方向。表姐踢丹泊一脚:"他不盖,去把那条毯子也拿来。"

加上一条毯子,立即就很热。表姐咯咯一笑:"脱衣服睡!"

又说:"不准脱光啊。"说完,又咯咯地笑了起来。

丹泊就说:"我晓得他去做什么,舅舅是去找那个女人。"

表姐就骂:"不要脸!我要告你!"接着又用很老成的口吻说,"我看他要结婚了。"

丹泊就想:人为什么要结婚?舅舅为了结婚弄得脸上落下了刀疤,弄得晚上不能好好睡觉。于是就咕哝道:"我不要结婚。"

表姐说:"你敢!"

表姐十分突然地在他脸上亲了一口,自己小小惊叫一声,说:"你说你要我。"

"我阿妈才想叫我要你。"

两个孩子的话把夜都惊醒了。

第二年夏天,舅舅和那女人生下了一个孩子。同时,公社鉴于那女人的病已经彻底痊愈,批准她成为人民公社社员。公社为此专门来了书记和卫生所长,在村里召开了一个群众大会。

丹泊看见表姐抱着那婴儿,不断亲吻他粉红色的小脸。看到丹泊,表姐把脸转到别的地方。表姐已经长高了许多,胸脯也膨胀起来。丹泊觉得有表姐在的地方已不是他在的地方,就出了会场上山去帮外公放羊。

这年,表姐是十三岁多将近十四。丹泊小表姐一岁,也有一十二岁了。

后来,表姐休了学,就完全是个女人了。

蘑 菇

就是这样。

在这个电影布景般的镇子尚未兴建之前，只有传说，只有河水日夜冲击愈益广阔的沙滩。这个部族古老的传说中总说神灵或异人从天上下来，而没有关于他们回到天上的故事。然而，近三百年内，却再没有诞生新的传说。当然，从天上下来的神灵也随之消失了。这里所描述的高山峡谷地带，是藏族中一支名叫嘉绒的部族栖居的地方。小时候，嘉措当了喇嘛又还俗的外公告诉他说，我们部族的祖先是风与鹏鸟的后代，我们是从天上下来的。

嘉措在外公死了很久的一个夏天突然想起外公在幼年时对他说过的话。望望天空，什么也没有，除了一片深深的湛蓝。那时，他上小学，当副镇长的母亲叫他回乡看外公。羊群在草坡上散开，老人和孩子坐在一丛青冈的阴凉中间，看着永远不知疲倦的鹰在空中飞旋。突然，外公的鼻翼就像动画片中狗的鼻翼一样掀动起来，并说："你听。"

但什么声音都没有。

"用鼻子。"眨巴着眼睛的老头是个颇具幽默感的人。

嘉措的鼻子果然就"听"到了一丝细细的幽香。老头把光头俯向外孙，在他耳边低语："悄悄地过去，把它们抓来。"

"它们是什么？"

"蘑菇。"

说完他就嘿嘿地笑了。

就在十步之外，嘉措采到了三朵刚刚破土而出的蘑菇。同时，他还看见另外一些地方薄薄的、潮湿松软的苔藓下有东西拱动，慢慢地小小的蘑菇就露出黝黑的稚嫩的面孔，一股幽香立即弥漫在静谧的林间。这时，他确实像是听到了什么声音。

外公用佩刀把蘑菇切成片，撒上盐，在火上烤熟，鲜嫩无比，芬芳无比。后来，两人还用羊奶煮过蘑菇，味道就更加令人难以忘怀了。

现在，放羊的老人已经死了。母亲退了休，住在镇子东头的干休所，害着很重的支气管哮喘，吃药比较见效的时候，就不断埋怨父亲年近六十还去参加文化馆的舞会。嘉措也不经常回家，退休镇长要他知道，生他的时候，母亲差点把命丢了。镇长不是大人物，在这个镇上也不是，镇上有可以管镇的县委、县政府，镇上更加庞大的机构是可以管县的州委、州政府。她还抱怨嘉措小时候睡觉常常打开窗户,她半夜起来关窗子不知感冒了多少回。也许因为外公的影响,嘉措小时候喜欢望着夜空,偶尔还会梦见自己在空中飞翔。

母亲说:梦见飞是在长高,梦见从什么地方掉下去也是。

还需要交代一点,也是关于背景。

这个镇子建起尚不到四十年。嘉措是镇上人民医院接生的第五十四个婴儿,今年三十六岁了。以前两山之间是广阔的河滩,靠山脚的地方是一片野樱桃和刺梨树林,树林中有一座喇嘛庙。现在寺庙已经平毁,变成了镇子的中心广场。那片春夏之交鲜花繁盛,秋季硕果累累的树林已经消失了。广场边上却有一株这个地区不长的树高耸,一派历经劫难仍生机盎然的模样。知道的人说那是一株榆树,当年建镇伐树的那些军人来自这种树的家乡。这是这株树得以幸存的原因。传说是一个曾去中原修习禅宗的喇嘛带回栽下的。

那株树耸立在水泥看台的边上,很孤独的样子,很顾盼的样子。

这天,嘉措出门。看见好些人聚集在榆树底下张望天空,其中一个是他的朋友。

这叫人感到奇怪。

四五年前,当每七十六年才光顾地球一次的哈雷彗星出现时,才有这么多人同时向天上张望过。

"听说飞机要来了。"

"直升飞机。"

"日本人的。"

"来了就降落在广场上。"

"日本人用飞机连夜把新鲜蘑菇运到日本。几百元一斤。"

嘉措的朋友纠正说："人家叫松茸。蘑菇是一种笼统的称呼。"

在这个地区，人们说蘑菇是特指这种叫做松茸的菌子，而不是泛指一切可以食用的蕈。这是即将进入蘑菇季节的六月。再有几个晴朗无云的好天气，七月里连绵的细雨就要下来了。蘑菇季节就到来了。一朵朵幽香连绵的蘑菇像超现实主义的花朵一样从青冈树根的旁边、林间空地的青草底下、岩石的阴影下开放出来，在潮湿、清新、洁净的背景下，黝黑、光滑、细腻无比。到菌伞渐渐撑开，香气就渐渐消失了，然后腐烂。它们自生自灭，只有少量被人类取食，取食它们的还有一种羽毛朴实无华的灰色松鸡。那时，它们只有俗名。

现在它们有了学名，甚至有了一种拉丁字母的写法，就要坐飞机出洋了。顺便说一句，小镇建起后，从未有奇迹发生，也没有什么东西从天上下来，哪怕是飞机。

松茸也未能带来飞机。虽然这个偏远的镇子渴望有东西从天上飞来。这个惟一一条公路被泥石流阻断的镇子。

但是，日本人来了。

日本人并不直接像贩子一样来收购蘑菇。日本人把事情办得很漂亮。按镇上出版的报纸，日本人是来考察松茸资源。镇上有线广播网的口径也与州报一致。日本人在州科委会堂举行了一次有关松茸的科学报告。可惜翻译过于缺乏生物学，特别是微生物学知识，听了报告人们对松茸的价值仍然不甚了解。但报告里没有的一些讯息——这几天，讯息作为一种新的词汇在镇上开始广泛使用——人们倒是知道得清清楚楚。说是代理商将把冷藏保鲜设备最好的车开来，收到松茸后立即运往省城，然后装上飞机直抵日本。说松茸有防癌作用。说奶油烧松茸在东京、大阪，乃至巴黎是一道价值数百美金的菜肴。但就是没有人从反面想，在此之前，镇上人都吃这种两三块钱一市斤的东西，也未见谁就格外强壮，而且镇上得癌的人好像还比原来增多了。

嘉措母亲听到这个消息，叹口气：说："要是他们在我当镇长的时候来就好了。"

父亲问为什么？

"那我们的经济工作就像个经济工作，我们就能出口创汇了。"

夏天，她的哮喘病轻松多了。有一天，她突然去了嘉措的宿舍。她说："瞧你单身汉的日子多糟，我们把你老婆调来吧。"

嘉措知道她要说的不是这个。她不喜欢自己儿子所喜欢的女人。

终于，她说："我梦见了你外公。"

"你还是不说你想说的事情，阿妈。"

她说："我梦见你外公带我去找蘑菇。"

"阿妈你真以为找蘑菇可以发财吗？"

在这一带地方，不说采蘑菇，而说"找"，那个字眼太闲适，况且蘑菇也不是遍地都是。这种东西决不在大气候、小气候、大环境、小环境都不适宜的地方生长。只要找到那个地方，年年你都可以在同一个地方采到它们。它们一群群聚集在那里，无声无息。嘉措的外公知道许多地方。

母亲说："他只带我到一个地方就采了一背篼，还包了一围裙，那是村里过望果节的时候。要是日本人真出三十块钱一斤，想想看，那一群就值多少钱！"

第二天，她买一张短途车票，取出银行里所有到期不到期的存款，回乡下去了。

他父亲说："不要担心你妈的病。"然后去文化馆跳舞，并被聘为交谊舞中老年培训班的辅导员。他大学毕业当县府秘书唯唯诺诺三十年，找了没有文化的老婆，现在居然玩世不恭起来。这变化叫嘉措有点摸不着门道。他父亲还说：蘑菇既然能治外国人的癌，也就能治中国人的哮喘，何况是中国的少数民族。他是中国的多数民族。

科委的朋友请嘉措吃饭。

电话里说："我请你来吃一点好东西。"

"把启明也叫上。"

"你去叫吧。"

启明在公安局工作，是派出所副所长。他们是那年看哈雷彗星时认识的。那年年轻人都半夜起来登上镇子东面的那座孤立的小山头，在寒冷的冬夜里燃起一堆堆篝火，那情景就像宗教节日一样庄严动人。科委的朋友哈聪那时还是第二中学的物理教师。他坐在火堆旁讲彗星，眉飞色舞。结识以后就叫哈雷，而不叫本名了。启明是警察，上山来维持秩序。手提电警棍，强光手电筒，腰上挂着对讲机。可是，那几个夜晚，镇上有名的酒鬼、小流氓们都认真严肃地等待彗星出现。那时，嘉措和哈雷都不知道这个时刻注意让自己举止严厉潇洒的家伙叫什么。只见他频频举起望远镜煞有介事地往天空张望。直到第三天黎明时分，他突然叫道："来了！它来了！"

人群骚动起来。

物理老师说："没有。"

"那怎么那么亮，刚才天上没有它！"

"那是金星。金木水火土，它一升起，天就要亮了。"

嘉措以为警察会生气。但他只是有点沮丧，有点不好意思，说："哦，启明星，是启明星吗。"

从此他就叫启明。

嘉措和启明八点钟赶到哈雷家，却不见有什么好东西可吃的迹象。饭煲里只煲着饭，桌上也不见有酒水之类。

"狗日的哈雷，"启明说，"你骗警察叔叔。"

哈雷一笑："放尖你们的鼻子。"

果然屋里有香气。哈雷弯腰从床下拖出一只电炉，上面的小铝锅里热气腾腾。

"你偷电！"

锅里是去年的干蘑菇。蘑菇的香气里更浓烈的是红烧猪肉罐头。哈雷说蘑菇是去年存下的。去年他们就从科技情报所得到消息，说继虫草大战、贝母大战后又将爆发松茸大战，于是他买了新鲜蘑菇，分离提取孢子体，试验人工培植，但反复数次均告失败，现在吃的就是那些蘑菇。哈雷一边吃一边给两个朋友讲显微镜下孢子体增生繁殖时的美妙情景。这些孢子体在无菌的试管中雪白漂亮，长成一簇簇非常类似珊瑚的东西，但却不能入土，入土就死掉了。

"那是你们的技术不过关。"

"日本人来作报告也说不能人工培植。"

吃完干蘑菇，他们把汤也泡饭吃了。并且约好，蘑菇季节来临时，自己去采一次。那时市价肯定叫人难以忍受，只好自己去采了。

"那时倒要仔细品品，"嘉措说，"一下身价百倍的东西是个什么味道。"

"刚才你就没品？"

"我忘了。"

一阵大笑后，三个人都不说话，好像都在回想那味道。七月的第一场夜雨飘然而至，敲打着窗玻璃，铮铮作响。打开窗户，什么也看不见，只有悄然而起的夜雾在淅淅沥沥的雨声中四处弥漫，带来了山林中泥土与植物的气息，带来了湍急溪流边潮湿山岩的气息。

就是在这样的雨夜里，蘑菇开始生长了。它们幽然的香气像音乐一样细弱地在林间蜿蜒流淌。

第一批蘑菇上市了。

跟往年一样，一只只蘑菇被放在一张张硕大的大黄叶子上面。顶上粘着几颗松针，一丝碧绿或紫红色的苔藓。偶尔一只上面还有松鸡细心啄食时留下的小小圆孔。

只是，它们再也不是镇上人们可以随意享用的东西了。一上市价格就哄抬到五十元一斤。设在人民旅馆、供销社、外贸局、冷库的几个收购点都声称自己是真正的日本代理商。它们竞相抬价，价格一下飞涨到八十元一斤。到价格高到不能再高的时候，一个收购点开始给零售者供应免费快餐。另一个收购点放映最新录像，免费，并供应茶水。第三个收购点别出心裁，给每一个售满二十斤的人发一个玻璃骰子，五个一组，够一组就掷一次看能否中奖，只要五颗均掷出同色同数，如红色11111，绿色66666，等等，就能中万元大奖。第四个收购点更出奇招，他们把冷藏车开到街上，车顶上装了喇叭，车身上画满蘑菇。广播的话只有一句："既然本镇建立以来除了飞鸟以外，没有任何东西从天上下来，就请大家积极参与，本公司能用成吨的蘑菇使飞机从天上下来！记住，成吨的蘑菇从每一只开始。"

父亲告诉嘉措说，除了"文革"初期，镇上从未有过这样热闹得像是点得着火的日子。

"那阵，你们把我放在乡下，外公那里。"

"怎么那段广告词像你写的，什么天上的、天上的。"

"可能那人也有过一个跟我一样的外公。"

父亲正了脸色："说话不要阴阳怪气的，我是来告诉你，我们家发财了。"嘉措的母亲这一宝押稳了，收购还没开始，她就在家乡邻近的几个村子几十户人家预付了钱。两天之内，就把六千块钱全部预付了。现在，这六千块钱已经翻了两三番，她已经存了两万现款进银行了。

父亲很高兴，给儿子看刚上身的新西服，大约值七八百块一套的。

嘉措很高兴。

父亲说："我们老了，那些钱还不都是你的。"

嘉措想，这才过去了一半。一年的蘑菇季节才过去了一半。再说日本人也不会一年就吃厌了这种东西。只是在这时，他才感觉，世界、人，包括他自己正在经历一种变化。

星期天，嘉措还是如约和两个朋友上山去找蘑菇。

望着两个朋友十分着急往山坡上猛蹿的背影，涌入他心头的已不是单纯的友情了。原先,他们商定,找到一斤蘑菇就吃掉,找到两斤就卖掉一斤,买一瓶五粮液、茅台之类的好酒。现在,他俩肯定被这一想象,或者超出这个想象的想象所激励,面部神情焦躁,汗水淋漓,但却不肯把脚步稍稍放慢一点。而嘉措脚步轻松,穿过山腰那些结着红果的灌丛带时,他还去观赏那些琥珀色的成堆的蝉蜕。晚上下过雨,路面很柔软,白云轻盈无状,这有些像眼下嘉措的心情。他们进入白桦与青冈混生的树林,到了生长蘑菇的地方了。

嘉措又发现了"媒子",这是他外公的叫法。媒子是一种白色的菌子,外表漂亮,里面却一团糟朽,不带一点香气,但它们总是生长在适合蘑菇生长的地方。嘉措告诉两个伙伴,附近可能有蘑菇出现,他俩的腰立即弓了下去,但最后找到的只是别人已经采走的大群蘑菇的痕迹。潮湿的腐殖土中尽是一个个大大小小的圆孔,小孔里还残留着白色的菌丝。那个人肯定不过比他们早到半个钟头,他留在湿土中的脚印清晰可辨。他们跟踪这个人,第二个地方仍然是那个人捷足先登了。两个伙伴很是沮丧。嘉措说,蘑菇每年都在同样的地方生长,明年早点来。再说今年雨水好,或许还会再长一茬呢。

在一片草地上,脚印消失了。

在通往另外一片林子的路口,几个农民手持棍棒挡住了他们。对他们吆喝:"回去,你们这些人。"

"我是警察。"启明说。

"是警察就不该来采我们的蘑菇。你们每月工资还不够用吗？"

"你们敢打人？打我？"

"只要你敢过去。等蘑菇季节过去我们自己来投案自首，反正那时钱也挣够了。"他们说完就得意地大笑起来。回应他们的是林子里女人们欢快的吆喝声。他们说这山不是国有林，是集体所有，属于他们村子。那天他们心软放了两个女人进去，结果有蘑菇的地方都被她们用锄头翻了一遍，"那样，明年就长不出蘑菇了。"

启明说，他就是来破案的。

"你还是破别的案吧，这样的女人也够不上坐牢。"

嘉措说话了，用藏语。他们也回答了他，后来就放行了。

"你对他们说了些什么？"

"我说我是很有钱的人，要吃蘑菇买得起，只是想享受一下找蘑菇的乐趣。"

哈雷笑了："你真会撒谎，对你的同胞。"

嘉措说："我撒谎？"旋即开怀大笑。

不消说，他们只看到许多人的脚印，而没有看到什么蘑菇。下山时，他们跟在一群背着蘑菇的妇女后面。两个伙伴垂头丧气，那些走在前面负重而行的女人却笑语不断。在山路陡峭的地方，嘉措发现自己的手和前面女人背上的蘑菇正处在同一平面上，一伸手拿了一只，递给后面的启明，启明又递给哈雷，哈雷把它装进挎包，一共拿了三只。

后来嘉措对最后的女人用藏话说："你的颈子真漂亮。"

"哦，我都是有孩子的人了，你还是看看姑娘吧。"说完，她就挤到前面去了。现在在他面前的肯定是一个姑娘，不然她的耳轮不会变得那么通红。嘉措又从她背上取走了三朵蘑菇。启明示意他再拿，他故意说一句很荤的话，姑娘就跑开了。

六只蘑菇不能解除他们的失望。

嘉措答应带他俩去乡下。

星期天终于到了。

他们驾上派出所的三轮摩托到乡下去。

嘉措的母亲等候在村口。村头的柏木栅栏，溪水边的小树，草丛上有薄薄的一点白霜。她头上包着一块颜色鲜艳的方格头巾，身着藏袍，脚上是一双深筒的胶皮雨靴。她的脸不仅没有病容，反而因为霜冻有点泛红。

"我以为是收购站的汽车来了。"她说。

"你怎么不以为是日本人的飞机。"嘉措说。

母亲像从未害过呼吸系统疾病的人那样大笑起来，还顺手拍拍嘉措的屁股："儿子。"她把儿子拉到一边，"不要管那些天上的事情了，现在是地上生长票子的时候。"

"你真把这一带市场垄断了？"

她又像一个淳朴村妇一样笑了："我来时，给男人们买酒、给孩子们买糖、给女人们买小玩意就用了一千多块钱。我想要是日本人不来收购，我就只有死在这里了。当初他们不信一斤蘑菇能卖三十元。可现在我给他们四十元！"

"市价可是八十元。"

"不说这个了，这个你小子不懂。你父亲怎么样？"

"穿上你买的新衣服更气派了。"

"我只给了他钱。"她挥挥手，"我挣钱就是为了一家人快活。"她又附耳对儿子说："我想给你两万块钱。"

嘉措听了这话正不知如何表示，两个朋友不耐烦地按响了摩托车上的喇叭。

"你们来干什么？"

"找蘑菇。"

母亲抬抬手，哈雷和启明就过来了。她说："上山太辛苦，我送你们一点，你们就快点回去吧。"

启明立即掏出了车钥匙，哈雷脸上也露出了笑容。嘉措看到母亲用刚才头戴的鲜艳头巾提来一包蘑菇，但嘉措说："不，阿妈，我知道什么地方有蘑菇。以前外公带我去过的。"

"你没有忘记？"

"不会的，阿妈。"

看到母亲眼中的泪光，嘉措感到心尖上那令人愉快的痛楚与战栗。虽然两个朋友露出一点扫兴的样子。

过了许久，他才说："要是找不到，我们回来找她要。"

这天天气很好。阳光明媚，轻风里飘逸着这一年里最后的花香。灌木枝条上挂着羊子穿行时留下的一绺绺羊毛。

嘉措想谈谈外公。但他知道两个朋友这时对这些事情不会感兴趣。他们会认为那是一些琐碎的事情。譬如外公掏出一块玉石般晶莹的盐让每只羊都舔上一口，然后叫外孙也用舌尖接触一下。外公还慨叹世间很久没有圣迹出现了。要是他知道蘑菇一下变得身价百倍时，会感到惊异吗？外公已经死了。他的生命像某一季节的花香一样永远消失了。

"你外公的蘑菇在哪里？"

朋友的问话打断了他的遐想。

"快了。"

他知道就要到"仙人锅庄"了。每一个生长蘑菇的地方就像有人居住的地方一样有自己的名字。那个地方鼎足而立三块白色的石英石。像牧人熬茶的锅庄。外公给它起名为"仙人锅庄"。

嘉措就像从未离开过这里一样一下就找到了这个地方。三块石头依然洁白无瑕，纤尘不染，但那一群蘑菇已经开始腐烂了。地势低的地方，蘑菇生长早，腐烂也早。林子里空气十分清新，其中明显混合了腐烂的蘑菇的略近甘甜的气息。

于是，又往上攀登。

嘉措抑制住心里对两个朋友的失望，带他们去第二个地方。

第二个地方叫"初五的月亮"。那是一弯白桦林所环绕的新月形草地，草地上开满黄色花蕊雪青色花瓣的太阳花。鲜花中果然有一只只黝黑稚气的蘑菇闪烁光芒，两个朋友欢跃起来，扑向草地。他们显然不知道怎样采蘑菇。他俩扑向那些高立在草丛中，张开菌伞，香气散失很多的大蘑菇。那些最好的尚且湮没在浅草中的却被他们的身子压碎了，加上最近又有熊光顾了草地上十几年前就有的蜂巢。熊揭开了草皮，用它们的利爪，捣毁蜂巢，喝了蜜，过后肯定十分高兴，就在草地上，在它们的舌头不能辨别滋味的蘑菇中打滚。所以，在这个本该采到五六十斤蘑菇的地方，只弄到二十多斤。嘉措给两个朋友讲外公怎样带他到这里取蜂蜜。他用柏香树枝熏起轻烟，外公说柏枝是洁净的东西，蜜蜂也是，对它们用了污秽之物就会搬迁。柏烟升起后，蜜蜂们就不再频繁进出了。这时，把一只空心的草茎插进蜂巢就可以吸食蜜糖了。嘉措讲这些事情时，哈雷和启明一副心猿意马的样子。

他俩迫不及待地问还有没有这样的地方。

"有，可我不想去了。"

"为什么？"哈雷问。

"算了，"启明说，"是我也想一个人发财。"

"那下山去吧，够意思了，比原来的预想已经超出了十倍。"嘉措说完就掉头下山，两个朋友却返身又朝山上爬去。他朝他们难看的撅起的屁股喊："告诉你们一些名字，动动脑子会找到的。"

外公给长蘑菇的地方取的名字都有点不太写实，而是写意性质的。那个有水潭的地方，他叫"镜子里的星光"；那片最幽深的树林，只是偶尔漏进几斑阳光，他叫"脑海"。喊完，嘉措就下山去了。

经过外公坟地时，他伫立一阵。原本不高的土丘被羊群踏平了，上面的草和别处的草一样散发着纯净清新的芬芳。起初他想说些什么。但又想，要是人死后有灵魂那他就什么都知道了。要是没有，告诉了他也不知道。

到了村子里，他想把这些想法告诉母亲。可她说："你看我忙不过来了，儿子，你帮我记记账。"大约三个小时，他记了十二笔账，付了两千多元，按每付五十元赚三十元算，她这一天就已经赚了一千多元了。

母亲却坐下来，和售完蘑菇的乡亲商量安排他们从她手中拿到的票子的用途了，谁家买一条良种奶牛，谁家翻盖房子，谁家加上旧有的积蓄买一台小型拖拉机。她还对村长说："每家出点蘑菇钱，水电站的水渠该修理了。"

当然，她还对每一个人骄傲地说："那是我儿子，有点看不起他母亲。我爱他。"

嘉措笑笑，但竭力不显出受到感动的样子。他问母亲，你算个什么干部，管这么多事情。

"就算个扶贫工作组组长，你看可以吗？"

"可以。"嘉措又说，"外公的坟都平了。"

"孩子，外公知道你心里记着他就是了。坟里没有灵魂，以后我死了也是一样。"

嘉措觉得母亲从未把话说得如此得体。

这是下午了,已经由别的老人和孩子放牧的羊群正从山上下来。羊角在白色群羊中像波浪中的桅杆一样起伏错动。嘉措把羊栏打开,温顺的羊群呼儿唤娘进了羊栏。

母亲也趴在羊栏边上,两人沉默着谁也不开口。

后来,还是她说:"你的朋友们下山了。"他俩两手空空下山来了。并对嘉措做了好些辜负了他们友谊的表情,但嘉措一直向他们微笑。因为他知道自己今后还需要为朋结友。

母亲不肯收购他们的蘑菇。

"我只会给你们五十元一斤,还是带回去卖个好价钱吧,孩子们。"

蘑菇一共是二十多斤。八十元一斤,卖了一千多块。嘉措一分不要,两个朋友一人八百元。剩下的都一齐吃饭喝酒花掉了。启明的钱打麻将输掉一部分,剩下的给妻子买了时装。嘉措觉得他潇洒大方。哈雷则运用特长,买了一台日本进口的唱机和原来的收录机并联,装上两只皇冠牌音箱。嘉措觉得他实在,而且有文化。

他们依然是朋友。

有时嘉措也想,他们明年还会带我去找外公的那些蘑菇吗?那我们就不是朋友了。这是冬天了。妻子即将来过春节。母亲果然给了他两万块钱。他在卧室铺了地毯,红色的,还给儿子买了一台电子游戏机,外加好几盘卡带。虽然儿子尚未出生。

路

一

桑吉刚把小卡车从村里开到镇上，就有一伙人来包下了。这些家伙都是盗猎者和偷采黄金的人。每年一开春，这些眼神木然而坚定的家伙就成群结队地出现了。

这些人正把一件件行李扔到车上，警察出现了。他们也知道这些人进山是去盗猎野生动物和盗采黄金，但警察什么也没干，只是绕着小卡车转了一圈。其间，一个警察还站下来，接过桑吉递上的香烟。

桑吉说："你看，这些家伙又来了。"

那个警察不应声，桑吉又说："谁都知道他们是来干什么的，你们警察也知道！"

警察笑了，看了他一眼，转身走开了。

车上那些人，眼神依旧木然而又坚定。

天气很好，引擎运转的声音也很欢快，小卡车很快就奔驰在进山的路上了。车子经过曲吉寺时，桑吉停了车，把从山下带来的鲜奶和干酪送进了庙里。舅舅是个喇嘛画师，总是在不同的寺庙间云游，此时正在这个庙里绘制壁画。桑吉从庙里出来，回到车上时，发现有两个家伙从车厢里下来，坐在了驾驶室里。这两个家伙身上带着一股阴冷的味道，把驾驶室里的空气都冻结住了。

到了目的地，这两个家伙不下车，又要跟着他回去。桑吉想说什么，但两个家伙毫不掩饰地露出了凶恶的神情。桑吉想打开车上的音响，让这冻结的气氛缓和一下。一个家伙把他放在旋钮上的手摁住了。他心头一紧，心想马上会有冷冰冰的刀横在自己的脖子上了。那人脸上甚至挤出了一丝笑容："刚才经过的那个庙，是曲吉寺吧？"

"你们不信教的人也知道？"

"这个寺院的镇寺之宝是多么出名啊！"

是的，这个寺院有一尊缅甸来的玉佛，还有几幅卷轴画，都有上千年的历史。这座地处偏僻的寺庙所以闻名，一多半是因为这几样镇寺之宝的因素。不要说寺院里的喇嘛们，就是周围的信众，也把这当成一个巨大的骄傲。

车子翻过一个山口，深藏在山弯里的寺庙的红墙金顶出现在视野里。那两个家伙下了车，刚走出几步，其中一个又走了回来，说："你这人好像喜欢说话，你肯定不会说我们坐过你的车吧？"

那家伙手藏在衣服口袋里，露出了一支枪的轮廓。

桑吉使劲点头，脚下一松刹车，小卡车就悄无声息地在下坡路上滑行了。桑吉不是个心里存得住很多事情的人。在庙门口停下车来，另外的心事就涌上心头了。舅舅是远近闻名的宗教画师，画天堂，画地狱，画佛，画菩萨，画金刚与度母。舅舅老了，想把自己的手艺传授给自己的亲侄子。理由很简单："桑吉你上过中学，识文断字的人学东西快，也能学得精。"

桑吉却不喜欢做这种很孤独很寂寞的事情。

下午两三点钟，一方阳光静静落在天井中央的石板地上，佛殿中一座金身的巨佛端坐不动。而在侧面的脚手架上，舅舅头戴着一盏顶灯，一笔笔细细地往墙壁上涂抹油彩。

画师不喜欢侄子叫他舅舅，桑吉便仰起头叫了声："云丹喇嘛。"

喇嘛从架子上下来了。

"云丹喇嘛在画什么？"

"天堂里的祥云。"喇嘛把头转向刚画过的墙壁，灯光把阴暗庙堂里的画面照亮了。泥墙上出现了湛蓝的天幕，天幕上出现了云朵。按照传统的画法，那些云朵并不太舒展，但正是外面天空上所挂云彩那种特别的质感：中央蓬松柔软，而被强烈日光耀射的边缘，闪烁着金属光泽。

这天，舅舅没有再提让他学画的事。其实，他已经心动了，只是还没有还完这辆小卡车的贷款。他想，将来他要把云彩画出被天风吹拂时那种舒卷自如的样子。但舅舅什么也没有说，和他站了一阵，又爬回到了脚手架上。

桑吉悄然退出了寂静的寺院。寺院大殿的两边，依着山势，喇嘛们低矮的房子整齐排列着，有如蜂房。

二

他刚从山上下来，小卡车就立即被保护区的警察拦住了。桑吉当然知道，这是因为运送了偷猎者和无证的淘金人。

围着小卡车的人，有警察，还有几个穿着跟警察制服差不多但又不是警察的家伙。他从来就不知道这些人是干什么的。但他知道，但凡一个人穿上这样的制服，那就不能随意冒犯了。

桑吉没想跟他们讲什么道理，他知道规矩：罚款。

想不到他们会罚得这么狠：两千元！照以往的规矩，只要交上两三百块钱就可以开路了。捉了放，放了捉，今天罚，明天罚，这是一种心照不宣的游戏。一来就罚得这么厉害，这个游戏就无法玩下去了。

他以为这是个玩笑。有时候，这些家伙总要拿他们这些人来开开心。人家肯跟他开玩笑，是看得起他。桑吉笑着把刚挣到手的三千元钱掏出来，钱被人劈手就夺走了，他这才意识到这些家伙好像没有玩笑的意思。事情果真如此，他被郑重告知，这笔钱是非法收入，没收，不能充作罚款。这下，血嗡一下冲上脑门，他跳下小卡车，把那个夺去他钱的家伙扑倒在地上。这时，所有人都扑了上来，干燥的泥地上尘土飞扬，其间夹杂着这些家伙咒骂的声音，以及皮靴踢在柔软肉体上沉闷的声音。尘土散尽后，桑吉已经被打得瘫倒在地上了。那些人丢下话，回去筹钱，两天内交不上那两千元罚款，这辆小卡车就不属于他了。

当时他就骂了自己一声："笨蛋。"

那些家伙笑了："没错，你的确是个笨蛋。"

然后，他们就开着他的小卡车扬长而去了。

三

桑吉去了乡政府，干部们已经下班了。

他又找到了乡长家门前。乡长的家是一个漂亮的院子，院子紧闭的大门用鲜艳的油漆绘上了漂亮的图案。他敲响了大门,很久很久,才有脚步声拖拖沓沓地穿过了院子。

乡长已经知道了在他辖地上发生的事情:"他们是保护区的人,不归我管,你找我也没有用,你自己想办法去吧。"

关门的时候,似乎有些不忍,乡长说:"明天你到乡政府来,我给你开个家庭困难的证明,给你盖乡政府的公章,你拿这个去求求情,也许他们就把小卡车还给你了。"

就为了这么一点承诺,桑吉的眼眶一下就热了。他对乡长深深弯下腰去,抬起头来时,那扇漂亮的院门已经紧紧关上了。这时,他又有些恨自己居然像个老娘们,对着乡长露出了可怜巴巴的样子。他讨厌自己这种样子,于是,走在镇上的时候,他脸上又挂上了那种满不在乎中带点凶狠的神情了。他就摆着这么一副神情坐在了小饭馆的油乎乎的桌子跟前,一拍桌子:"老板!"

在这个镇子上,警察、穿着跟警察差不多制服的家伙是他们这些乡下小伙子的克星,他们又是这些饭馆小老板的克星。小老板怕他们喝醉了在店里打架,怕他们吃了饭不肯给钱。他一拍桌子,老板就躬身来到他跟前了。

"上菜,还要啤酒!"

老板叹口气,转身张罗去了。喝下一瓶啤酒,他见老板那心有不甘的样子,真的就有些生气了:"两瓶酒就心疼成这样,那他们收了我的小卡车,我就不活了?"

小老板怨愤的眼光变得柔和了,他叹口气,又给他上了一瓶酒："想喝醉，就醉一下，醉了就赶紧回家吧！"

他不记得自己是怎么走出饭馆的，也不记得自己一出饭馆怎么就倒在路边，也不记得几个人怎么合力把他扔到了这辆停在路边的卡车上。夜半醒来，他看见了满天明亮的星星，觉得身子下面和四周，都被温暖而又柔软的东西簇拥着，就又睡过去了。再次醒来时，卡车已经奔驰在路上了。他使劲拍打驾驶室的顶子，卡车猛然停下了。驾驶员爬上车厢，一拳就把他揍翻在车厢里，他这才发现，自己身陷在一车的羊毛堆里。

他觉得这人有些面熟，然后他就想起来了："你们有卡车，为什么还要租我的车，你们害苦我了！"

又一个人爬上车来，把刀子架在了他脖子上，要他说出为什么会出现在这里。他说肯定是因为昨天晚上喝醉了。两个家伙就笑起来："这么巧的事情，这么巧啊！"

"我要下车，我要去乡长那里拿证明，去取我的小卡车。"

他往回走了不一会儿，就看到那小镇那些参差的房顶从地平线上冒了出来。乡长果然已经把证明给他准备好了。乡长说："接下来，就要看你自己的运气了。"

"那些人，他们住在什么地方？"

乡长笑了，把他拉到贴在墙上的地图跟前，手指顺着表示公路的红线一路滑行过去，指着一个遥远的红点说："这里。"然后，手指继续滑行，"可能是这里，也可能在这里。"

"这么多地方？"

"地方多，说明权力大呀！"

桑吉上路了。

公路出了镇子，就从空旷的原野上转向了东南。第一天，他经过两个牧场和一个镇子。当太阳快要把他晒得晕过去时，翻过草原上一个浅丘，那个镇子出现在眼前。

进镇子的路口，公路上横着一根木杆，表示这里有一个检查站。好在，他不是一辆汽车，他只是一个人。他弯弯腰，就从画着一环环红圈的白色栏杆下面钻过去了。太阳很大，检查站的人都呆在屋子里瞌睡。一个小店主把货摊支到了外面，店主自己坐在一把太阳伞下睡着了。货摊上摆着饼干、矿泉水和可口可乐，有几只苍蝇在上面飞舞。看着这些东西，胃里像是要伸出手来。他的手真的就伸了出去，又像烫着了一样飞快地缩了回来，这时手上已经有了一包饼干。他的手又这么伸缩了一回，一罐可乐又到了手里。他拐过一个墙角，在一块小小的树荫里坐下来。所有东西都很快地跑到胃里去了。可乐里的气体让他打了个嗝。这嗝一打，他觉得更饿了。他在这小小的镇子上转了一圈，到处都有吃的，镇中心的小超市，街道边的小店铺、小饭馆，旅馆里的小卖部，都有许许多多可吃的东西，但是——他没有钱。最终，他还是来到了刚才得手的那个小摊前，那个打瞌睡的店主头深深垂在胸前还没有醒来。

这次他又拿了饼干和牛肉干，还拿了一瓶啤酒，问题是，他想多拿一瓶啤酒，但多拿的那瓶啤酒从他手里滑脱出来，摔在地上,"砰"一声炸开了。摊主眼睛都还没有完全睁开,就像被人刺了一刀一样大叫起来,桑吉开始没命地奔跑。只要跑到镇子的西头,钻进那片柳树林子就安全了,可以在那里消消停停地把肚子喂饱了。

就在这时,一个罗圈腿的警察从检查站里钻了出来。桑吉一见他那副样子,就觉得好笑。他一边跑一边转过身去看那个警察,结果,自己砰然一下撞在了栏杆上面。这一下,他再也跑不动了。罗圈腿警察蹒跚着过来,咔嚓一声把他铐了起来。他却笑了起来。警察生气了,打了他一个耳光。

桑吉捂着脸直起腰来,说:"你是假装的,罗圈腿不能当警察。"他马上又说,"你不要生气,你看,我走起路来也很罗圈。"

警察把手铐紧了一圈,用警棍顶着他的腰眼,罗圈腿没有把他带进派出所,而是把他带到了一家旅馆的后院。后院里一片泥泞,晚上在此过夜的车辆在泥泞里留下了一摊摊油渍。桑吉被铐在了一株柳树上,之后,就没有人理会他了。只是偶尔有人从楼上的窗户看他一眼。柳树刚刚吐出的嫩叶,还没有形成荫凉。阳光从头顶直射下来,有一些光线好像是钻进了脑子里面,像被拨动的琴弦一样嗡嗡作响。他想起上中学的时候,上面来招考警察,他也去报名了。但在那间办公室里,人家从桌子后面走出来,用一个东西敲打着他的膝盖,说:"怎么?罗圈腿也想当警察?"他就自己出去了,这一出去,一路就回到家里，连学也不上了。但现在，他却实实在在地看到了一个罗圈腿警察，并被这个家伙给铐在了树上。

这时，一个戴眼镜的瘦子出现了，围着柳树转了一圈，桑吉对他微笑："警察叫我待在这里等他。"

那人一言不发，眼光落在他身上，眼光又穿过了他。他觉得这个人的眼光像把刀子一样把他刺伤了。等他想到要对这个人做出副凶恶的表情时，那个人已经消失不见了。他觉得自己只是眨了一下眼睛，这人就从眼前消失了。那神秘的劲头，就像传说中的见光而逝的鬼魂一样。他想，这样的人要是去当小偷，任是什么样的警察也都抓不住他。他想，要是当年自己当上了警察，这样的人来当小偷，他真是一点办法都没有。黄昏的时候，罗圈腿和另外几个警察把一辆卡车押进了院子。他们用枪指着卡车上的两个家伙。那两个家伙抱着头从车上刚下来，就被他们扑倒在地上了。一阵挣扎之后，两个人都被铐上了。先是从驾驶室里搜出了枪，然后，在满满一车羊毛中间，搜出了玉佛像和有上千年历史的唐卡画。警察们发一声喊，重新把两个铐着的人扑倒在地，用绳子结结实实地捆了起来。桑吉看到这些东西，知道是曲吉寺遭劫难了，是他把这两个恶棍拉到曲吉寺去的呀。

现在，他想，这些警察真是厉害呀，这么快就把两个犯事的恶棍给抓住了。

晚上，警察把他也推进了关着那两个恶徒的房间。

一个家伙迎上来，说："妈的，我们好像有什么缘分，已经是第三次见面了。"

桑吉差不多是喊了起来："你们把庙里的喇嘛怎么了？"

"别怕，弄佛像是为了钱，我们不为钱杀人，要杀人，那就是为了仇，知道吗？"

"你们到底把他们怎么了？"

"没怎么，我们就是去上香，把他们熏昏了。"

桑吉松了一口气，身子一软瘫坐在冰凉的水泥地上了。

四

他被猛烈的撞门声惊醒了。

和他同屋的两个家伙，用床顶住了门，把床单和被子都搓成了绳子，一个人已经爬上窗口，往下飞坠了。另一个家伙，本来已奔向了窗口，却又返身回来，把个什么东西塞进了他的靴帮。这个人从窗口上飞坠而下时，他听到了一声沉闷的枪响，听到中枪的人重重地摔在了楼下。

早上，他们把他带回到卡车跟前，那里，地上一摊血迹也没有人去遮掩。他还看见那人被拖出院子时留在地上的斑驳血痕。

他隐约觉得自己置身在了一种危险的境地中间:"他死了?"

"多嘴!"一个耳光重重地落在了他的脸上。

他摸了摸自己的脸,脑子里想什么嘴上就说了出来:"另外那个人他跑掉了?"

"跑掉了,但他真的跑得掉吗?"那个人很近地贴着他的脸说,"你肯定也想跑,但你想想能不能跑得掉?"

"我不跑,我要去找我的小卡车。"

那些人又大笑起来。他们命令他上了卡车。他刚刚坐上去,卡车就开动了。卡车后面,紧跟着开着警灯的警车。他对那个开车的警察说:"我要下车,我要去找我的小卡车。"

"闭嘴!"

他就闭了嘴,不再说话。卡车开出去两个小时了,还在不停地向前飞奔。他实在憋不住了,说:"停车,我要去找我的小卡车!"

"你逃跑的同伙还没有抓住,你还想回去?"

说话间,车子已经开到省的边界上了。那里竖着一个高大的牌坊,上面写着某某省人民热烈欢迎的字样。但在牌坊下面,却横着检查站的栏杆。栏杆后面,是另外那个省的警察,照例还有另外一些人,穿着和警察有些相同又不大相同的制服。

他们没有穿过那个牌坊,而又掉头开回去一百多公里,在一个离开公路干线的小镇上停下来过了一夜。那天晚上,他们把桑吉关在一间房子里。就像一个噩梦一样,昨天晚上跑掉的那个家伙又出现在他的面前。他们互相都没有理会，就睡下了。桑吉很疲劳，也有些忧伤，忧伤增加了他疲倦的感觉，他蜷在床上睡着了。是哭声把他惊醒了。那人趴在向着院子的窗户上哭泣着。院子里，手电光不断晃动，镇子上狗吠声响成一片，一种非常不安的气氛弥漫在被镇子上的灯光稀释得灰蒙蒙的夜色里。那些人把卡车上的羊毛卸下来，装上一些东西后，又把羊毛盖在上面。他也走到窗前向前张望的时候，窗外响起了拉动枪栓的声音，那个哭泣的家伙把他一下扑倒在床上。直到窗外一切都平息了，一切都重新陷入黑暗，那人才把他松开。

"见了三面的陌生的朋友，你为什么事情伤心了。"桑吉说，"也许我比你还要伤心呢，他们把我的小卡车抢走了。"

"小卡车，小卡车，他们刚才装上车的那些东西够买一百台小卡车！"

这个人给他讲述怎么得来了那些东西，悲伤的家伙把这个故事讲得豪气十足。这个故事驱走了讲述者刚才还难以抑制的悲伤，讲述完毕，他打了个长长的呵欠，伸展开身体沉沉睡去了，但桑吉却因为他的故事而睡不着了。这是一个罪犯的故事，也是一个英雄气十足的故事。这个故事中那些惊险，那些数目庞大到难以想象的金钱，故事所串联起来的众多的地名，这一切的一切，都让桑吉对那个循规蹈矩却常常被人罚款，最后还得可怜巴巴地寻找小卡车的人充满了怜悯。他睡不着了，站起身来，不断挥动着被铐在面前的双手。这时，下半夜的一弯冷月挂在天上,照在院子里停着的卡车上,有种冷冰冰的坚硬的美感。他心里也有一种很坚硬的东西生长起来。

他记起被打死在楼下的那个罪犯,记起他塞在自己靴帮里的一个东西。他把这个东西掏出来了,那是一把小小的钥匙。当钥匙插进锁眼,手铐清脆地咔嗒一声,开了。

他扑到那个人身上,卡住了他的脖子。

那个人很容易就使他松开了双手,躺倒在地上。那个人骑在他身上,说:"朋友,为什么对我下手?"

"告诉我车上装的是什么?真像你说得那么值钱?"

"反正我已经栽了,那就告诉你吧。"

这家伙告诉他,那是很多羚羊毛。那家伙说:"要不是来取这些羊毛,我怎么会再次落到他们手里?现在,就看你能不能把这些东西弄到手里吧。"

那家伙重新把手铐给他铐上,把那枚小小的钥匙塞到他的口中,压在了舌头下面。

这对桑吉来说,是一个脱胎换骨的伟大仪式。

五

早上,当警察押着他走进院子时,他那一副懒洋洋的一切都不在眼里、一切都不在话下的神态让那些人露出了惊诧的神情。警察抽烟时，甚至有人给他嘴里也插上了一支。他叼着烟登上了卡车。

卡车开出院子时，他对着昨天过夜的那个房间的窗户举起了被铐住的双手。

天气很好，卡车又在平坦的公路上飞奔了。就要到达昨天曾经抵达的省界了，卡车和后面的警车都停了下来。路边有个小小的湖泊，卡车一停下，栖游在其中的几只天鹅惊飞起来，发出粗嘎的叫声飞往草原深处去了。他们停在这里吃了一些干粮。桑吉什么也没有吃，他只是用舌头顶着那把精巧的小钥匙，在口里不停地旋转。他们又准备上路了。从卡车这边上车的时候，他已经吐出钥匙，打开了手铐。警察刚把汽车发动，他扬手一下，扣在左手上的手铐就把那家伙打得歪倒在座位上。他再伸出腿来，把那人蹬到车下去了。

就像做梦一样，卡车真的就在他手上了。

桑吉狠狠地踏下了油门，一路狂奔。从后视镜里看，那辆警车还停在原地，他再一加油门，警车在镜子里就变成了一个越来越小的点，最后，就完全消失了。

仿佛是为了应和他狂喜的心情，路上一切顺遂，天气很好，没有这个季节常见的大风吹起漫天的尘沙，也没有下那种夹着雪花的雨使平坦的路面变得又湿又滑。

卡车穿过山间宽阔的谷地，攀越上一个山口，阳光下晶莹的雪峰晃得他有些睁不开眼睛,他戴上墨镜,刺眼的光线立即就变得柔和了。越过积雪的山口,低处,又一片开阔的谷地展现在他的眼前。他叫了一声:"哈!"

这是有些犯忌的做法。传说,是神灵在创造这个世界时,看到创造出来的事物连自己都难以想象,对自己的能力得意得无以言表,才喊了一声"哈"!

桑吉看到那么宽阔的谷地在眼前展开,就觉得自己真的从此踏上了全新的前程,就禁不住这么高喊了一声。桑吉把后视镜转向自己。在镜子里面,他看到镜子里的那个人,因为戴上那副方正的墨镜而显得神秘显得威风凛凛不可战胜。

他忍不住又喊了一声:"哈!"

这一口气,他跑出了一百多公里。他应该想一想,为什么没有警察出来拦截?也许他还应该想想另外一些蹊跷的事情,但他不这么想,他要的只是速度。卡车拉的东西不多,发动机却有力而强劲。踩下油门,踩下油门,那种前所未有的速度感,给他一种已然挣脱了庸常生活中所有束缚的感觉。他觉得自己飞起来了。有谁飞起来了,还要回到连影子都显得沉重的大地上去呢?

这时,他听到了身后传来了尖利的警笛声,警车追上来了,不是一辆,而是三辆。他也没有时间去想,一时间,从这旷野里如何就钻出来这么多的警车?他只是猛踩油门,使卡车以更快的速度飞奔起来。

他觉得身上的血流也像卡车一样加快了速度，猛烈地冲击着脑门和心房。那嗡嗡声中，有人在拍着手齐声欢呼："飞起来，飞起来！"像是月夜里，手拉手跳着圈舞的牧人们用双脚用力跺出的节奏一样。也许是速度太快的缘故吧，他的视线有些模糊了。然后，一切都发生了变化，他的飞奔好像停止了，而道路和道路两边的景物运动起来，变成一条飞奔而来的湍急河流。河流中央流淌得非常快速，越往两边，那些景物的流动就缓慢起来。在他两眼余光可以扫视到的地方，是低垂的天空和天空上一动不动的白色云朵，在强烈的阳光照射下，边缘上闪烁着金属般的光芒，就像是云丹喇嘛画在泥墙上的那些云朵。卡车冲过省界上检查站之前，他刚从云朵上收回了心思与目光。他看见一些人冲到了路的中央，对他挥动着红色的旗帜。

卡车依然飞奔向前，那些跑到路中央的人向着路边飞蹿，然后，拦在路中央那根一圈白色又一圈红色相间着的木头栏杆断成了几段，有一段甚至飞起来，旋转着，贴着车窗飞过，砰然一声砸在驾驶室顶上，然后，又轻盈地向后飞去了。照例，这个检查站后面，又是一个他所熟悉的那种所有房屋都簇拥在尘土飞扬的公路两边的小镇。这个发了狂的公牛一样的卡车使这个昏昏欲睡的小镇一个激灵苏醒过来了。所有人都在飞驰而过的卡车卷起的干燥尘土中拥向了镇子，也就是公路的中央。疾驰而来的几部警车停了下来。他们向检查站的人出示了证件,他们宣称正在追击前面那辆卡车。那辆卡车上载了很多盗猎的藏羚羊毛。或许是因为疏忽,他们没有提到车上的来自寺院的古老文物。天下警察是一家。这边的警察很有把握:"那家伙他跑不远!你们只管跟着追上去,有人指挥你们转弯,你们放心转弯就是了。"

三辆警车拉响警报器,驱散了围观的人群,一路向着前方飞奔而去。

六

穿过镇子后,桑吉松了一口气,卡车的速度也就慢了下来。后视镜里,那几辆警车再次消失了。一种空落落的感觉突然而至,紧紧揪住了他的心房。他捂住了胸口,却又没有一个疼痛的地方。要不是警车在这时又追了上来,再待上一会儿,他就会扔下卡车,离开公路,跑到荒原深处去了。这几天的经历,简直像是梦境一样。现在,就像梦境中一样,警车又呜呜哇哇地出现在后面了。桑吉又加大了油门。他再次期待着飞翔般的感觉出现,但他听到引擎高速转动时发出了巨大的声音,感到路面一点小小的不平也使车身剧烈摇晃。他有点想哭,因为没有飞翔的感觉了。这时,笔直的路面上出现了一些黄色的庞然大物。几辆身量巨大的挖掘机把去路拦住了。卡车快要冲到那些高大坚固的机器跟前时，一条便道出现了。他猛一打方向盘，卡车就在高低不平的便道上蹦跳了。桑吉被震得屁股离开了座位，屁股刚刚坐稳，车子又窜进一个大坑，他又被从座位上抛了起来，而他竟然忘了松一下油门。就在他以为自己和卡车就要颠散架的时候，一条新的宽阔的道路出现在眼前。这新铺的黑色的沥青路面宽阔而平整，驾车人还能感到飞旋的轮胎传导上来一种很舒服的弹性的起伏。卡车引擎声从焦躁的咆哮变成了顺溜的吟唱。路面渐渐向上升起，通向一座长长的弧线优美的桥梁。上了桥后，路面的抬升更厉害了。路两边已经萌生出浅浅绿色的荒野从视线里消失了，眼前只有蓝天，蓝天上悬停着一团团边缘上闪烁着银箔光泽的云朵，好像这么一直开下去，他和卡车都能开上天堂里去了。他想起了站在脚手架上正在往泥墙上绘制相同景象的舅舅。云丹喇嘛一手拿笔，一手托着装着各种颜料的盘子，说："你看，世界上没有真实的东西，一切都是心里所想，我画它就有，不画就没有。"

这是一种他好像懂也好像不懂的心境，而现在，在寺院里看喇嘛绘制壁画，都像是前世的事情了。

他发现，另有一座桥也在向着这边延伸，但这一边和那一边还没有合在一起，之间是一个深渊。深渊下面，是一条并不宽阔的道路，两条光带亮闪闪地从远处而来，穿过这桥下，又往远处而去了。他知道，这就是传说中正在修筑的铁路了。他又想,这该不是心里所想的吧。这时,卡车已经从桥的尽头飞了出去。桑吉的身子悬空了。他抬起头来时,发现桥的断头已经在他的上方。卡车正在下坠,他打开车门,身子就在虚空里飘飞起来。这回,他真的是飞在空中了。他看见卡车在自己下面,砰然一声,一些碎片和着一股尘土飞溅起来,他想看得再清楚一些,这时,轰然一声,他沉重的身体也摔进了那团尘土与碎片中间。

桥下,卡车和桑吉的身体都摔得失去了原先的轮廓,剩下来的,就是一些了无生气不成形状的钢铁和骨肉了。

……

警察们只在他面前驻足片刻,就扒开那些羊毛,把文物和部分羚羊毛转移到警车上。这时,更多的当地警察也赶到了。桑吉家乡的警察感谢了当地警方的配合,留下两个人和当地警察一起处理卡车和人的残骸,再次拉响警笛准备上路了。他们说:"那个傻瓜,想不到他那么生猛。"

是的,在他们原先的设计中,只要他冲过关口,他们再跟着追击,在半路上把他截住,他就完成了任务,他们就可以把小卡车还给他了。以后,他还可以该干吗干吗。他们只要和他上演一出猫捉老鼠的戏,只要让货物过关就可以了,但这个人他自己当真了。

"这个傻瓜!他还以为只要有路就是他可以去的地方。"